九歌一一二年童話選

彩繪奇蹟
心願景

張桂娥 主編

九歌童話選

112
年度推薦童話

賴曉珍

完美的淚

九歌112年
年度推薦童話
推薦語

主編張桂娥：

〈完美的淚〉深受小主編們喜愛，作者以獨特的筆法將現實與奇幻巧妙結合，營造出一個充滿神奇元素的故事世界，讓讀者在敘事中感受到童話獨有的夢幻氛圍。創作手法上巧妙運用了隱喻和比喻，深刻描繪了主角百合在失去母親後的心靈轉變與成長。透過百合的眼淚生動傳達了悲傷、迷惘，與空虛等情感，讓讀者深刻感受生命的脆弱與不可預測性。故事的情節安排獨具匠心，前半段以現實生活為背景，隨著童話元素的逐漸揭示，將讀者引入奇幻世界，富有趣味性且引人入勝。百合在淚水的洗禮下，找到了克服孤獨和悲傷的勇氣，最終實現了內心深處的願望。彷彿是一場奇蹟，象徵著人生的重生與成長。四位小主編不約而同的讚揚故事中對眼淚的詮釋，將其視為情感的自然表達，並強調眼淚不僅是悲傷的象徵；也是聯繫人與自然的橋梁，鏈接了生死、現實與奇幻的交界處，最終成為獲得幸福的契機。這篇故事不僅能引起讀者對生命的反思，也讓人感受到愛與勇氣的力量。是一篇值得推薦的童話佳作。

112年童話選 目錄

卷三　彩繪奇蹟心願景

小主編的話

附錄

卷一

智創繽紛新視界

智慧的工匠

米爾斯

插畫／吳嘉鴻

作者簡介

文字創作者，作品有網路小說《楓塵三部曲》與《武列園》，以及兒童廣播劇《超時空冒險》。喜歡看書，熱愛人生，「想像無限 超越極限」是我的座右銘，用文筆感動他人，則是我熱切的心願。

童 話 觀

童年的美好回憶，經由歲月滋養，在心中開出了美麗的花。使我們永遠記得自己眞實的模樣，不曾忘懷，笑語中立志探索的世界。我的童話觀是幫每位讀者找回閱讀的熱情。

很久很久以前，有個年輕人獨自住在海邊的山崖上，他叫做格蘭，是個技術純熟的工匠，專長是雕刻木頭與燒製瓷器。

他的作品在亞維農王城非常有名，連國王也喜愛他燒製的瓷器，不過格蘭並非滿足現狀的人，他喜歡探索藝術的極致，喜歡靠海的星空，山崖上的一人生活雖然冷清，但也只有在那裡，他的創作靈感才能源源不絕的產生。

安穩的生意繼續著，亞維農的安定與繁榮也持續在歷史留名，直到一個月前國王公開張貼告示，才讓王城的平靜生活瞬間騷動起來。

「聽說南方的火山上，藏有大地之神的豐收寶珠，誰能取回這個寶物，我就把公主嫁給他，並讓他成為王國的繼承人。」

火山裡充滿致命的灼熱與毒素，聽說豐收寶珠又漂浮於岩漿中，一般人根本無法取得。當傷亡情報陸續傳開，即便報酬是如此優渥，考量獲利的機率遠不及死亡的恐懼時，徵人啟事在極短的時間內便乏人問津。

「格蘭先生，請問你願意為了國王，取回火山裡的豐收寶珠嗎？」

身為國王最重要的大臣，同時也是這個國家最強的魔法師彼得，在王城的一次邂逅中，親自找上了工匠格蘭請求協助。

「我不是驍勇善戰的騎士，挑戰寶藏並非工匠專長。」

「只要你願意，我可以無條件幫你。」

「就算想取得寶物，第一步要從哪裡著手呢？」

「想進入火山，必須具備相當的能力才行，我會協助你打倒三隻魔物，取得他們的能力後帶回豐收的寶珠。」

彼得大臣協助格蘭，在海岸邊搭建另一棟房子，把自己製作的瓷器與藝術品放滿小屋，並在屋頂上放置一面旗子，畫上五彩繽紛的寶箱圖案，準備吸引第一個怪物來這裡居住。

果然小屋蓋好的當晚，有個紅色頭髮的男人前來敲門，表示多少資金都願意給，只希望格蘭讓他在海邊小屋住上一晚。格蘭答應了，夜半時分透過望遠鏡觀察奇妙住戶時，卻發現一個天大的祕密。

紅色頭髮的男子生出了翅膀，嘴巴如同老鷹般彎曲，他把許多藝術品和瓷器收入自己的袋子，好滿足侵占寶物的虛榮，格蘭不知道該怎麼辦，立刻跟彼得大臣報告所見所聞。

「他是喜歡珍寶的怪物紅鷹，一隻翱翔天際的大鳥，看見他手上的杖嗎？那根手杖能賦予任何人飛行能力，相反的，也能解除任何人的飛行能力。」

「那要怎麼打倒他呢？」

「如果你有更珍貴的寶物，或許可以騙到他。」

格蘭想到自己燒製瓷器的土窯，每當點起火苗後，鮮紅的烈焰就連海上的船隻都能看見，於是他告訴紅鷹，最珍貴的寶物就放在土窯裡，紅鷹最終沒能尋得珍寶，卻落得葬身火窟，格蘭成功獲得紅鷹的飛行手杖。

第二天到來，彼得大臣要格蘭準備許多食物，總量相當於一般家庭半年的生活所需，除此之外，他還請格蘭將魚類與內臟放在陽光下曝曬，順著海風將腥味傳遞四面八方，難聞氣味就連格蘭也皺起了眉頭。

「彼得大臣，這樣做的目的是什麼呢？」

「腥臭味將引來最貪吃的妖怪，記得晚上好好款待。」

太陽下山後，頭髮灰白的長者登門拜訪，格蘭把庫存的肉全都用上，讓客人吃得盡興，直到明日的三餐也全數耗盡才停止料理。當顧客回房休息時，格蘭透過望遠鏡又看到不可思議的一幕，如同人一般站立的白色野狼正在梳理著毛髮，巨大犬齒足足長達十寸非常可怕。

「白狼沒吃飽，晚上會來取你性命，你可以用紅鷹手杖對付他！」

凌晨時分，白狼偷襲格蘭的房間，被格蘭用鐵鏟打中腦袋，白狼完全沒事但鐵鏟卻彎曲了，原來他頸子上的護身符，擁有能把身體化作鋼鐵的能力。格蘭急中生智，先用紅鷹的手杖賦予白狼飛行能力，將他送上高空再墜入大海。

隔天早上，於沙灘拾獲被海浪沖刷上岸的鋼鐵護身符。

「請問大臣，第三隻怪物喜歡什麼呢？」

「第三隻怪物是水妖黑鯨，平時住在海裡，最喜歡逞凶鬥狠找人比武，你現在有飛行手杖和鋼鐵護身符的能力，相信今晚可以直接戰勝他。」

太陽隱沒後，拿著飛行手杖與鋼鐵護身符的格蘭在沙灘等待，水妖黑鯨果然現身找他挑戰，於是雙方大戰了幾個回合，雖然黑鯨會使用水的魔法，但變成鐵塊的格蘭無懼攻擊，最後賦予自己飛行能力，在高空變成鐵塊後垂直落下，將黑鯨給砸入了地面。

「黑鯨的戒指擁有召喚水流的魔力，現在開始，你也能使用魔法了。」

「打敗三個妖怪後，接下來要做什麼呢？」

「利用三樣寶物的能力，前往火山取得豐收寶珠，那東西能賣很多錢。」

「為何要賣錢？不是要獻給國王嗎？」

彼得大臣的表情愣了一下，驚覺自己的失態開始自圓其說，格蘭覺得怪異徹夜未眠，直到旭日再度由東方探頭，才跟著彼得大臣踏上火山寶物的遠征之旅。一路走來十分辛勞，格蘭與彼得大臣終於在月圓之夜時，來到了炙熱火山的入口前方。

「善用三種能力，將隱藏在岩漿中的寶箱取出，我在洞口等你。」

格蘭帶著三個寶物進入火山口，火山裡的高溫加上毒氣讓人無法呼吸，於是他使用了白狼的護身符，將自己武裝成刀槍不入的鐵塊。

再往裡面走，緊接著是一望無際的岩漿擋住去路，格蘭使用黑鯨的戒指，從夜空中召喚出巨大水流，將高溫岩漿變成了平坦的石頭路。

來到山脈最高處，火山口灌滿了岩漿形成火焰湖泊，豐收寶珠肉眼可見，正在岩漿中載浮載沉，接受烈焰最安全的保護。格蘭使用紅鷹手杖賦予豐收寶珠飛行能力，讓寶珠浮上空中，之後再使用黑鯨戒指的大水凝固岩漿，順利取得了珍貴的寶物。

「恭喜你成功了，現在把手杖、護身符、戒指與豐收寶珠都交給我吧！」

當格蘭走出火山洞口時，彼得大臣面無表情的跟他說了這些話。

「手杖、護身符與戒指可以給你，但豐收寶珠得交給國王。」

「豐收寶珠由我交給國王就可以了，因為……公主會成為我的妻子！」

話才說完，彼得大臣化身為魔龍在空中飛舞，抓著三樣寶物飛上天空，準備對格蘭發動攻擊，沒想到格蘭也飛上天空，讓魔龍驚訝得瞪大眼睛。

「為什麼你還能飛行？那三個寶物不是交給我了嗎？」

「交給你的那三樣物品，是我昨晚徹夜不眠雕刻出來的複製品，為了讓戒指與護身符更加逼真，我還用白狼的能力將木頭複製品變成鐵塊般沉重。」

「為什麼你會想到複製寶物？我明明掩飾得很好。」

「你熟悉三個怪物的專長與寶物資訊，卻又不肯自己出手，加上昨晚你說要把豐收寶珠賣掉，種種行為都讓人覺得可疑。」

「我畏懼火山內部的炎熱與毒素，且無法從岩漿中取得寶珠，所以才找你幫忙，既然你已經發現祕密，我只好親自收拾你了！」

魔龍與格蘭在空中決鬥，格蘭把自己變成了鐵塊，魔龍陸續吐出的火球與雷電都對他無效；格蘭先用紅鷹手杖解除魔龍的飛行能力，讓魔龍墜入迪朗斯河，接著用黑鯨戒指引發大水，削弱魔龍的體力，再把空中的白雲變成鐵塊，由高空墜落砸向魔龍腦袋，替人們除掉這個化身為人的邪惡怪物。

格蘭拿著豐收的寶珠回到亞維農王城，不但繼承了王位，還娶了公主，甚至活用豐收寶珠讓王城附近的田野開滿希望之花，人民從此過著幸福快樂的生活，亞維農也成為法國知名的歷史古城。

——原載二〇二三年七月三十一～八月二日《國語日報・故事版》

編委的話

・林昀臻

冒險故事中令人冷汗直流又瞬間大呼叫好的，就是看似絕境，又因主角的智慧，擊敗邪惡，解除危機。故事的主角工匠巧妙應對魔法師和大臣的詭計，呈現了智者的非凡智慧。充滿冒險情節的故事，饒富趣味和啟發性，是讓人幻想力與創造力得到自由與爆發的關鍵，讓讀者一不小心就跟著投入險境、斬妖除魔，又歷險凱旋而歸。

・林芮妤

故事結局出乎意料，大臣竟成為故事中的反派，而工匠的沉穩智慧令人印象深刻。他早早識破大臣的詭計，卻靜靜觀察，不急著揭露，這種冷靜深思的態度深深打動了我。大臣的聰明與領導力也受到讚賞，卻將聰明用在錯誤的地方，這也是作者對人性的一種揭示，讓讀者深入思考人生智慧的運用。

・**游愷濬**

故事中敘述工匠展現了非凡的智慧，收服三隻魔怪取得能力法器和豐收寶珠的鬥智過程，讓我一邊閱讀一邊有著欣賞動畫片的畫面感與臨場感。他不僅精通工藝技術，更在危機時保持冷靜，暗中準備對付反派，讓讀者感受到童話中的奇妙冒險。雖然故事結局如預期中的「幸福快樂的生活」，但這篇故事充滿著冒險與魔法元素，令人深感喜愛。

・**黃詠愛**

足智多謀的工匠在解決難題的過程中保持冷靜，終於成功識破了大臣的詭計。這篇故事的結局深刻傳達了運用智慧的重要性，讓讀者在歡愉的冒險中獲得啟發。讀完這篇文章後，我體悟到，在面對困難和困境時，運用自己的智慧，冷靜不慌張，也不要急著想把事情處理掉，更不要投機取巧，只要謹慎思考，任何難題都能迎刃而解！

窗下的聲音
(改寫自烏克蘭民間故事)

管家琪

插畫／吳嘉鴻

作者簡介

一九六〇出生於台北。祖籍江蘇鹽城。

輔仁大學歷史系畢業，曾任民生報記者七年，後專職兒童文學寫作至今，已逾三十年。

在台灣、大陸、香港、馬來西亞都有大量作品出版。獲得過不少獎項，包括金鼎獎、中華兒童文學獎、法蘭克福書展最佳童書等等。

童 話 觀

廣義的童話，自然包含了神話和民間傳說。我認為，改寫既要尊重原著，又不必受限於原著，需要有自己的消化和整理，就好像聽了一個很長很長的故事，不可能、也不需要逐字逐句背出來給大家聽，而是用自己的方式，更清楚的講述，同時，力求講得更為生動和精采。

一天，一個貴族在很多獵人的陪同下，一起去打獵。

他們這天實在時運不濟，忙了一整天，什麼都沒打到，更糟糕的是，由於只顧追捕獵物，不知不覺進入密林深處，漸漸失去了方向。隨著夜幕降臨，一群人還在樹林裡徘徊，既來不及趕回去，又找不到地方休息，偏偏天空還忽然降下一陣大雨，把大家都淋成了落湯雞！

飢寒交迫的貴族，不禁發了一頓牢騷，「啊！今天的運氣真壞啊！」

過了一會兒，貴族又說：「不過，我們現在若是能趕快找到一間溫暖的茅屋，吃到軟軟的麵包，喝上酸酸的麥酒，再躺到乾淨的床鋪上，今天我就沒有什麼好不滿足的了，也許還會有興致跟大夥兒一起說故事，一直說到天亮呢！」

說來也巧，貴族剛說完，有人就發現不遠處有火光。大家趕緊趕過去，看到一間茅屋，推門進去一看，屋裡不僅相當潔淨，桌上還有充足的麵包和麥酒。

大家都又驚又喜，貴族高興的說：「哈哈，跟我期望的完全一樣！」

於是，大夥兒很快就吃飽喝足，然後紛紛躺下，呼呼大睡。

只有一個睡在窗邊的獵人，也不知道怎麼搞的，就是睡不著，好不容易迷迷糊糊剛剛進入夢鄉，又在半夜時忽然醒來，然後，就在半夢半醒之間，聽到窗外有一個奇怪的聲音說：「哼，可惡的傢伙！不是說只要能找到一間溫暖的茅屋，吃到軟軟的麵包，喝上酸酸的麥酒，再躺到乾淨的床鋪上，就會很滿意，然後就會說故事，一直說到天亮嗎？現在，我都滿足你了，可是，故事呢？」

獵人一聽，立刻全醒了。他知道這是碰到妖怪了，不敢動，只能裝睡，想聽聽看妖怪接下來還會說些什麼。

沒一會兒，妖怪果然就生氣的說：「哼，你等著吧！明天你在路上會看到一棵結滿果實的蘋果樹，只要你一吃蘋果，身體就會爆裂！」

這時，另外一個聲音說：「噓！你嚷得這麼大聲，要是被人聽到告訴他，那他不是就可以躲過了？」

「哼，誰敢告訴他，從腳到膝蓋就會變成石頭！」

獵人聽了，心裡真是叫苦不已。

這還沒完，在天亮之前，幾乎完全相同的對話，又在窗外響起過兩次，獵人每一次都聽得清清楚楚，只不過，第二次，妖怪威脅誰敢告訴貴族，就會從腳一直到腰部都變成石頭，第三次，則是會從腳一直到頸部都變成石頭。

獵人暗暗琢磨著，這下該怎麼辦才好？

當大夥兒一起離開茅屋，踏上歸途時，獵人心懷僥倖的想著，會不會是我睡糊塗了，也許一切都只是一場夢？

然而，當他們在半途果真看到一棵蘋果樹時，獵人就知道，一切都是真的。

貴族率先上前，摘下一個蘋果，愉快的說：「來，大家一起來吧！」

但貴族還來不及咬上一口，那個獵人就火速衝過去，搶走了蘋果，然後，一轉身，舉劍朝蘋果樹用力砍去。

蘋果樹頓時灰飛煙滅。眾人目瞪口呆，貴族無比驚疑的問道：「這是什麼妖術嗎？」

獵人搖搖頭，什麼也沒說，事實上，是他什麼也不能說。

又走了一段路，大家看到一條清澈的小溪。貴族剛剛表示想過去喝點水解解渴，獵人又火速搶先衝上前，舉劍攪渾了小溪，甚至溪水都變成了血紅色，感覺就像是變成了血水，十分恐怖。

貴族厲聲質問道：「這是怎麼回事？」

獵人只是搖搖頭，趕緊跑開。昨天夜裡那個妖怪曾經說過，在蘋果樹之後，他們會看到一條小河，只要貴族上前喝了一口，身體就會爆裂。

在快要回到鎮上時，路上莫名其妙擺著一張金色的床，上面盡是雪白的羽毛，看上去非常的柔軟和舒適。

貴族說：「啊，太好了，我好累，正好讓我休息一下！」

獵人急忙擋住貴族，哀求道：「不要吧，請您趕快回去吧，千萬不要躺在這張床上！」

「為什麼？」貴族反問道：「我就是累了，不休息一下，我就動不了了，讓我過去！」

獵人急了，只好趕快又搶先衝到那張詭異的金床前面，舉劍一頓亂砍。很快的，羽毛粉碎，金床也轉眼變成了火炭。

可是，此時貴族反而大怒道：「這到底是怎麼回事？難道你跟魔鬼作了什麼交易？或者，你是魔鬼派來的？不馬上交代清楚的話，我一定要把你給殺了！」

說著，貴族就下令把這個獵人抓起來。

獵人無奈的說：「我這都是為您好啊。」

貴族還是很生氣，「什麼為我好，還不趕快給我說清楚！」

怎麼辦呢？

獵人突然想到，妖怪只說誰多嘴就會從腳開始慢慢變成石頭，如果我騎在一匹馬上呢？是不是就會從馬腳開始變異？

他決定冒險一試。

「我願意原原本本的向您報告，不過，請您先叫人找一匹已經沒有用處的老馬過來好嗎？最好是已經快要死掉的老馬，只要我能騎在牠的身上，我就可以告訴您一切的真相。」

不久，一匹老馬被牽來。獵人跨坐在馬背上，拍拍老馬，低聲對老馬說了一聲抱歉，然後就開始說了。

「昨晚我們落腳的那間茅屋，還有我們吃的麵包，喝的麥酒，以及睡的床鋪，都是一個妖怪提供的，因為妖怪聽到您之前說，只要有了這些就會很滿意，就會和大家一起說故事，說到天亮，後來，妖怪沒聽到故事，很生氣，就說，當您今天一吃到蘋果，身體就會爆裂。」

「有這種事？那你為什麼不告訴我？」

「我不能說，因為妖怪警告，誰告訴您，從腳到膝蓋都會變成石頭。」

話音剛落，那匹老馬從腳到膝蓋已經變成了石頭。

「妖怪還說，只要一喝河水，您的身體就會爆裂，而誰敢告訴您，從腳到腰部都會變成石頭。」

現在，老馬從腳到腰部都是石頭了。

「最後，只要您躺到那張床上……」

最後，可憐的老馬，從腳到頸部都成了石頭。貴族這才知道，獵人一路搗蛋，原來都是在保護自己。

——原載二〇二三年三月十～十一日《國語日報·故事版》

編委的話

・林昀臻

故事中的獵人展現了出其不意的聰明，以獨特的方式將真相揭示。然而，貴族並未履行讓妖怪聽故事的承諾；而獵人和貴族的互動突顯了語言的影響力和人性的複雜性，使得整個故事更加引人入勝。當充滿懸疑劇情的故事終於真相大白時，讀者可以感受到豁然開朗的快感。

・林芮妤

故事中的獵人雖然以聰明的方式揭示真相，但他的方法卻牽涉到無辜生命的犧牲，尤其是為了自保卻犧牲了老馬的性命，這引起了對道德的一些質疑。貴族則未能理解獵人的難言之隱，這讓整個情節更加複雜。故事呈現出一個道德困境，強調了言語的力量和對承諾的重視。

・**游愷濬**

故事中的獵人展現了意外的聰明，以獨特方式將真相娓娓道來。然而，故事似乎留下了一些未解之謎，例如妖怪的感謝未完全呈現在故事結局中，感覺缺少一個完整的結局。或許故事後續可以探討獵人如何回到森林，向妖怪致以感謝，並解開誤會，這將使整個故事更加完整。

・**黃詠愛**

獵人在故事中展現了出乎意料的聰明，用巧妙的方式揭示真相，保護了自己和貴族。然而，貴族也有一些缺點，他未能履行對妖怪的承諾，反而沉睡在床上，讓團隊深陷危機。讓讀者思考許下承諾與實際行動之間的責任，我個人深信說出去的話無法回收，一定得履行承諾啊！

月亮上有十隻兔子（或許只有九隻？）

徐錦成

插畫／李月玲

作者簡介

作家、現任國立高雄科技大學文化創意產業系教授。學術專長包括：台灣現代文學、兒童文學與文化、運動文學與文化、台灣流行歌謠等。

著有小說集、劇本、橋梁書、繪本及學術論著多種，作品獲聯合報文學獎、磺溪文學獎等多種。近兩年作品包括童話集《今年兔當家》、《今年龍當家》及報導文學《歌聲滿港都——我的高雄流行歌仔簿 1957-2023》。

二〇一六年十一月起，開始在南台灣巡迴偏鄉國小義講兒童文學。FB 社團：童話列車駛進偏鄉。

童 話 觀

二〇二二年年中，我開始寫「十二生肖童話」，希望每年出一本以生肖為主題的兒童書。不一定是童話，也可能是其他文類。目前已出版《今年兔當家》及《今年龍當家》，但願未來十年順利完成。

〈月亮上有十隻兔子（或許只有九隻？）〉是《今年兔當家》裡的一篇，結合十個與兔子有關的成語及故事。很高興它能獲得評審青睞。

1. 龜兔賽跑

兔子跟烏龜約好賽跑。兔子根本不把烏龜放在眼裡，他跑到一半，就在路旁的大樹下睡起午覺了。

等到兔子一覺醒來，發現太陽快落山了，這才想起他跟烏龜的賽跑還沒結束，於是趕快加緊腳步向終點跑去——

但兔子到了終點，卻發現所有動物都不在了！這只有一個可能，就是比賽已經結束，而烏龜贏了！既然比賽已經有結果，觀眾們當然就散去了。儘管兔子還沒跑到終點，但是誰在乎呢？

兔子現在跑回來了，又能怎樣呢？

兔子喪氣的賴在地上，全身停不住的顫抖，他真想大哭一場啊！

兔子萬念俱灰，什麼事情都不想做，時間一分一秒的流逝，天黑後不久，月亮就爬上半空了。

今晚恰巧是個滿月啊！溫柔的月光灑在兔子身上，兔子看著皎潔明亮的滿月，心裡漸漸平靜了。

看著看著，兔子忽然有個想法：月亮上是不是也有兔子呢？

有了這個想法後，兔子再盯著月亮仔細看，竟然越看越覺得：沒錯！月亮上的確有兔子！

更奇妙的是，有一股強烈的感覺湧上兔子心中，他覺得月亮上的兔子正在召喚他，跟他說：「快！快跳上來！跳到月亮上，來跟我作伴！」

跳到月亮上？可能嗎？這是癡心妄想吧？誰相信兔子能跳到月亮上去？

但這時兔子的想法卻截然不同：「誰說不可能？有志者，事竟成！只要願意努力，烏龜也能跑贏兔子（誤），兔子也能跳上月亮！」

於是兔子站起來，甩了甩頭，抖了抖四腳，深吸一口氣，向天上的月亮跳了上去——

2. 玉兔搗藥

兔子一跳上月亮，就撞到另一隻兔子。

兔子一邊揉著頭上撞出的包，一邊問：「你是誰？」

兔子說：「我是兔子。你又是誰？」

兔子回答：「我也是兔子！」

沒錯！兩隻都是兔子。

兩隻兔子對看了一眼。

兔子說：「你是兔子，我也是兔子，這故事怎麼說得下去？」

兔子說：「這個作者到底在搞什麼！作者呢？作者在哪裡？」

因為被點名了，作者我只好出場，插句話說：「你們區分一下，一隻叫『龜兔賽跑』，另一隻叫『玉兔搗藥』，這樣不就解決了嗎？」

「用成語作姓名？你這個作者未免太隨便了，沒有一點創意。」龜兔賽跑說。

被龜兔賽跑嗆聲，我嚥不下這口氣，脫口就說：「哼！跑輸烏龜的兔子，有什麼資格說我？」

龜兔賽跑一聽這話，臉色馬上就暗沉下來。我忽然覺得很抱歉，畢竟這句話有點傷人，於是又說：「你別難過，你雖然跑輸烏龜，但也因此變得很有名，只要提到跟兔子有關的故事，大家第一個就會想到你。這篇要講十隻兔子，你也是第一個出場，可見你多麼重要。你輸給烏龜一次，很值得！」

龜兔賽跑說：「聽你這麼解釋，我並沒有覺得比較好受。」

我覺得很尷尬：「如果沒什麼事的話，我就告辭了！」說完趕緊離開。

龜兔賽跑問：「作者說你叫『玉兔搗藥』，這是什麼意思？」

「『玉兔搗藥』是古老的漢族神話故事，相傳月亮上有隻兔子，全身潔白如玉，所以叫做『玉兔』，也就是我。我每天拿著玉杵搗藥，搗成的藥丸是仙丹，服用後可以長生不老。」

「原來月亮上真的有兔子！」龜兔賽跑說：「對了！這裡還有其他兔子嗎？」

玉兔搗藥正想回答，忽然看到空中快速掉落一件物品，急忙大喊一聲：「小心！」並拉著龜兔賽跑往旁邊一閃——

說時遲那時快，又一隻兔子降落在月球上，差點撞到兩隻兔子！

3. 守株待兔

那隻兔子一落地，另兩隻兔子就忙著跳過去察看。新來的兔子很靈活，就地打了個滾，毫髮無傷。

龜兔賽跑問：「這是怎麼一回事？」

玉兔搗藥不回答他，轉而對新來的兔子說：「我是玉兔搗藥，他是龜兔賽跑，請問你是哪位？」

新來的兔子想了想，說：「如果是這樣，那你們不妨叫我『守株待兔』。」

兩隻兔子異口同聲說：「『守株待兔』？什麼意思？」

守株待兔慢條斯理的說：「『守株待兔』是出自戰國時代《韓非子》的寓言故事。有一位農夫因為看到一隻兔子撞到樹昏倒，因此撿到兔子，覺得比做農好賺，從此就不再去耕作了，整天守在樹旁等著兔子撞樹。」

「哦！那他後來還有撿到兔子嗎？」龜兔賽跑問。

「應該是沒有。不過我差點就被他逮到。我在那棵樹附近遛達被他看見，他想抓我，我情急之下，一跳就跳到月亮上來了！」

「這太誇張了！」龜兔賽跑說。

「的確很誇張！不過你不也是這樣跳到月亮上來的嗎？」玉兔搗藥對龜兔賽跑說。

「這種事以前發生過嗎？」龜兔賽跑問。

「從沒發生過，」玉兔搗藥說：「不過你倒是提醒我一件事，很多年前，王母娘娘曾經告訴我，在某一個月圓之夜，會有十隻兔子聚在一起。」

「十隻？」龜兔賽跑說：「這麼說的話，還有其他七隻要過來？」

「對！還有——」玉兔搗藥話未說完，忽然又看到空中快速掉落一件物品，急忙大喊一聲：「小心！」他來不及拉著其他兩隻兔子閃邊，但幸好另兩隻兔子也看到了——

又一隻兔子降落在月球上！

4. 狡兔三窟

這隻兔子一落到月亮上，就忙著觀察月亮的土地，對三隻兔子反而沒什麼興趣。

龜兔賽跑忍不住說：「請問，你在找什麼？」

「沒在找什麼，我只是看到這片土地有那麼多窟窿，太感動了！」這隻兔子說。

「感動？為什麼？還有，你叫什麼名字？」玉兔搗藥問。

「我叫做『狡兔三窟』。」

三隻兔子異口同聲說：「『狡兔三窟』？什麼意思？」

「什麼！」狡兔三窟無法置信：「你們身為兔子，竟然不懂『狡兔三窟』？」

三隻兔子面面相覷，然後同時搖了搖頭。狡兔三窟嘆了一口氣，解釋道：

「『狡兔三窟』出自《戰國策》，原本是一個叫馮諼的人告訴孟嘗君的故事。那個故事的大意是說，聰明的兔子都會有三個藏身的洞窟，這樣在緊急的時候就可以逃過獵人的追捕，免於一死。只有一個洞窟是不夠的。馮諼借用這個故事，勸告孟嘗君在做事之前，要先為自己多找幾個退路。」

「原來如此！」玉兔搗藥明白了：「這裡有這麼多窟窿，難怪你覺得感動！」

「這樣算起來，已經有四隻兔子了。」龜兔賽跑說。

「小心！第五隻來了！」守株待兔忽然大喊。其他兔子一聽，也沒時間分辨東南西北，趕快跳離原處。就在千鈞一髮之際，果然又有一隻兔子從天而降！

5. 兔起鶻落

這隻新降落的兔子一著地就馬上又跳起，落到另一處。然後再次著地，又立刻再跳起。這樣起起落落跳了幾十次，彷彿永遠停不了。其他兔子都看傻了。

最後還是玉兔搗藥有主意，大喊一聲：「停——」他把尾音拖得極長，但聲量越來越小。神奇的是，這隻新兔子的跳躍也因此慢了下來，最後終於停住。

依然是龜兔賽跑忍不住第一個說話：「請問，你在幹什麼？」

這隻新兔子的臉忽然脹紅了，說：「不好意思，我停不下來，但我不是故意的。」

「停不下來？為什麼？還有，你叫什麼名字？」玉兔搗藥問。

「我叫做『兔起鶻落』。就是因為這個名字，害我每次只要一開始跳躍，就很難停下來。」

四隻兔子異口同聲說：「『兔起鶻落』？這是什麼意思？」

「也沒什麼深刻的意思，它就是一句成語，比喻動作快速敏捷。」兔起鶻落說：「你們大概是不懂『鶻』是什麼。『鶻』是一種猛禽，速度很快，經常被訓練來當打獵用，是我們兔子的天敵。『兔起鶻落』是指我們兔子一跳起來，獵人的鶻也就馬上飛撲下去。兔子快，但往往鶻更快！不少兔子就這樣犧牲了。」

「好可怕！」守株待兔說：「獵人用『鶻』來獵兔子，比起懶惰的農夫守著樹、等著兔子撞上去可怕多了。」

「雖然可怕，但是創作者通常很喜歡『兔起鶻落』這句成語，因為它也可以引申為畫圖或寫文章的速度迅速流暢，跟『文思泉湧』的意思相似。」兔起鶻落又說。

守株待兔說：「原來如此！」

兔起鶻落說：「對了，剛才我來的時候聽到一聲吶喊『第五隻來了！』，這是怎麼回事？」

玉兔搗藥說：「你數數看不就知道了。現在這裡有五隻兔子，包括你在內。不過，應該還有另外五隻兔子會來。」

6. 兔死狗烹

玉兔搗藥話一說完，龜兔賽跑忽然指著遠方大叫：「大家看！」

大家順著龜兔賽跑手指的方向望去，一開始只看到三個小黑點，但這三個小黑點朝這裡飄過來，漸漸看得清楚了，原來是三隻兔子。但既然是兔子，應該是要跳過來，怎麼會是「飄過來」呢？

等這三隻兔子飄到大夥兒面前，大夥兒才看清楚，原來這三隻兔子沒有腳，而且是離地三寸，飄在空中的！

龜兔賽跑忍不住先問了：「請問你們三位是何方神聖？還有，怎麼會沒有腳呢？」

三隻兔子中的一隻說了：「『何方神聖』？說得好！我們的確是『神聖』，因為我們『做仙』了，所以才沒有腳。」

「你的意思是，你們三個已經死了，成了幽靈？」守株待兔說。

「呸呸呸！什麼『死了』？什麼『幽靈』？沒禮貌！要說『做仙了』。」那隻兔子說。

「意思一樣，只是說法不同。」守株待兔說。

「別鬥嘴！」玉兔搗藥說：「三位，這是怎麼回事？可以解釋一下嗎？」

第一隻回答的兔子說：「我先自我介紹吧！我叫『兔死狗烹』，它是一句成語，出處是《淮南子》。意思是：『獵人捕獲到兔子之後，就把幫忙打獵的獵犬殺掉』。這是忘恩負義的行為。」

「明白了！所以你真的是一隻死兔子。」守株待兔說。

「呸呸呸！沒禮貌！我是『做仙了』！」兔死狗烹說：「還有，『兔死狗烹』常跟『鳥盡弓藏』一起說，而這兩個成語的意思是一樣的。」

「好吧，」守株待兔說：「話說回來，《淮南子》是什麼意思？」

「《淮南子》是本很了不起的書。」兔死狗烹說：「這本書的主創者是劉安，他是漢高祖劉邦的孫子，世襲而封為淮南王，《淮南子》是他跟門下的食客及一些方士共同合著，內容豐富，包含了先秦諸子各家的學說。」

7. 犬兔俱斃

玉兔搗藥問第二隻兔子：「那麼這位呢？您叫什麼姓名？」

第二隻兔子回答：「我叫做『犬兔俱斃』，我的名字也是一句成語，出處是《戰國策》。意思是：獵人放出獵犬去抓兔子，但兔子拚命逃跑，獵犬想抓卻抓不到，最後兔子跟獵犬都筋疲力竭，同歸於盡。然後會有一個過路的農夫撿到便宜，不費吹灰之力就把已經累死的兔子跟獵犬都拿去，獵人因此一無所獲。」

「這個故事跟另一個有名的故事『鷸蚌相爭，漁翁得利』差不多嘛！」玉兔搗藥說。

「是的！」犬兔俱斃說：「聽你這樣說，表示你確實懂了『犬兔俱斃』的意思。」

「那是因為你解釋得很清楚。」玉兔搗藥說。

「謝謝！」犬兔俱斃說。

8. 兔死狐悲

玉兔搗藥接著問第三隻兔子：「最後這位呢？請問您的尊姓大名？」

「我叫做『兔死狐悲』，也是一句成語，出處是一篇叫〈燕子賦〉的文章。『兔死狐悲』這句成語往往接著另一句『物傷其類』，合起來是『兔死狐悲，物傷其類』。意思是：『兔子死了，狐狸感到悲傷。比喻因為看見同類的不幸遭遇而感到悲傷。』」第三隻兔子說。

「『同類』？但兔子跟狐狸又不是同類。」守株待兔說。

「嚴格說來不是同類，但有個詞叫『同理心』，你應該也知道。如果狐狸因為看到兔子的不幸而悲傷，這也很合情合理，不是嗎？」兔死狐悲說。

「了解！所以，你們三位確實都死了，不，是都『做仙了』！」玉兔搗藥說：「那麼，現在只剩兩隻兔子了。」

9. 龜毛兔角

由於前面幾隻兔子接二連三而來，這八隻兔子都認為，剩下的這兩隻兔子一定很快就會出現。

但他們等來等去，等啊等，等啊等，月亮由圓變缺，又由缺變圓，整整一個月過去，始終沒有新兔子出現。

在第二個月圓之夜，龜兔賽跑終於忍不住說：「有沒有搞錯？那兩隻兔子怎麼都沒出現？這是怎麼回事？要不要再把作者叫出來？」

其他兔子一聽，默契十足的齊聲大喊：「作者呢？作者在哪裡？」

我又被點名了，只好再度出場，說：「大家稍安勿躁，剩下兩隻兔子大概另外有事情在忙，但一定會來。因為他們如果不來，這篇故事也完不了。」

龜兔賽跑說：「你說『會來』，那倒底什麼時候要來？這篇故事打算拖多久才結束？」

被兔子嗆聲，真令人不甘心，尤其這隻龜兔賽跑，他也不想想，到底是誰把他寫出來的？太忘恩負義了，我真後悔要寫他。

倒是玉兔搗藥說了公道話：「好了，別為難作者。」轉而對我說：「不過，你是不是能先告訴我們，最後這兩隻兔子到底是哪兩隻？」

「好的！」我說：「第九隻兔子排定是『兔角龜毛』，……」

話說到這裡我才想到，「兔角龜毛」指的是有名無實、不可能存在的東西，這樣的話，他要怎麼來呢？

「『兔角龜毛』？然後呢？」玉兔搗藥又問。

我靈機一動，說：「這隻『兔角龜毛』很特殊，是隻隱形的兔子，你們也許看不到，但讀者一定看得到。」

（畫插畫的夥伴：您畫得出隱形的兔子嗎？如果畫得出來，我就輸給您！）

「『隱形兔子』？你是認真的？」玉兔搗藥說。

「當然是認真的。『兔角龜毛』通常指不存在的東西，因為兔子沒有角，龜也沒有毛。但這個成語也有另一個完全不同的意思，指的是戰爭將起的預兆。」我說。

10. 兔起烏沉

「那第十隻兔子呢？」玉兔搗藥再問。

「這第十隻兔子可厲害了！他叫『兔起烏沉』，又叫『兔缺烏沉』、『兔走烏飛』、『東兔西烏』。」我說。

「什麼！他有四個名字？」龜兔賽跑說。

「是的，這四個名字也是四個成語，意思差不多。『兔』是指月亮，這點你們應該已經知道了。如果不是這樣，你們也不會聚集到月亮上來。『烏』又叫『金烏』，指的是太陽。『兔起烏沉』的意思是指月出日落，時間不斷在走。」我說。

「你說第十隻兔子是月亮？那這樣他要怎麼來？」狡兔三窟問。

又被抓到漏洞了！這群兔子真不好應付！我鎮定下來解釋：

「對！第十隻兔子是月亮，他不一定會來，但事實上他也不必來，因為他不是一直都在嗎？大家現在聚在月亮上，不是十隻兔子聚在一起了嗎？」

玉兔搗藥說：「很多年前，王母娘娘曾經告訴我，在某一個月圓之夜，會有十隻兔子聚在一起。但她卻沒有說十隻兔子聚在一起會發生什麼事，你知道嗎？」

「這就要問王母娘娘了。」我說。

所有兔子異口同聲抗議：「你是作者，這樣說太不負責了！」

必勝

我只好解釋：「我在想，也許好朋友們聚集在一起，這件事本身就是一件美好的事。難道不是嗎？」

兔子們聽我這樣說，互相看了一眼，他們都露出微笑，似乎很滿意我的說法。

兔子們滿意，我鬆了一口氣。但我不知道讀者您滿不滿意？

王母娘娘曾說十隻兔子會聚在一起，卻沒說會發生什麼事。關於這點，我其實有另一個答案，那就是：十隻兔子聚在一起，會完成一個叫做「月亮上有十隻兔子」的故事。

親愛的讀者，您說是不是呢？

——原載二〇二三年二月六～二十一日《國語日報．故事版》

編委的話

・林昀臻

藉由擬人化和故事性的串聯，使得原本抽象的成語變得鮮活且易於理解、記憶，實在是個創新又有趣的方式。故事不僅讓人感受到趣味，還能激發兒童對成語的興趣，在閱讀中學習到更多有關兔子的成語。希望未來能夠看到其他生肖的類似故事，讓成語成為更受歡迎的故事元素。

・林芮妤

這篇故事裡的兔子都是用和「兔」相關的四字詞語，還有作者本人時不時出現在故事中和兔子對話，讓我不禁覺得作者真是幽默！不僅包含「龜兔賽跑」等熟悉的成語，也導入一些罕為人知的成語，讓讀者在笑聲中學習。簡單趣味的呈現，讓人感受到一陣恍然大悟的快樂。

•游愷濬

今年是兔年，這篇故事以獨特的方式串聯了與兔相關的十個成語，輕鬆幽默的內容讓我讀來感覺特別新奇有趣。作者展現創意，巧妙的在故事中與兔子對話，增添趣味，令人忍不住想像是否可以用同樣有趣的方式生動地編寫其他動物的故事，如龍、牛、虎、豬等。

•黃詠愛

作品名稱聽起來就好有趣，每隻兔子都有屬於自己的故事，看著兔子們的對話和互動，就好像自己也在月亮上聽兔子們聊天講話，讓人不時會心一笑。有趣的故事情節，生動的角色互動，作者的幽默感和創意讓故事引人入勝，還讓人忍不住想閱讀更多與十二生肖為主題的童話。

兩面金牌

陳正治

插畫／劉彤渲

作者簡介

一九四三年生於台灣省苗栗縣通霄鎮白沙屯，現定居台北市，台北市立大學語文系教授退休，是大學教授裡的兒童文學作家。

曾得中國文藝協會兒童文學獎章、好書大家讀年度獎。著有童話《房屋中的國王》、《新猴王》、《貓頭鷹的預言》及兒童詩《山喜歡交朋友》、《大樓換新裝》與兒童語文書籍《有趣的中國文字》、《揮別錯別字》、《詩詞素養課》等三十多本書。

童 話 觀

童話是專為兒童而寫，以趣味為主的幻想故事。

1.

和平動物村住了許多動物。十二生肖中除了龍、虎外，其他如老鼠、牛、兔、蛇、馬、羊、猴、雞、狗、豬，以及沒有入生肖排名的貓、驢子、鴨子、鵝、烏龜都住在這裡，大家相處得很愉快。

一天，兔子家族的福兔走到烏龜阿德家門口，看見阿德在屋裡，面露笑容，反覆擦拭一面金牌。福兔知道這面金牌是阿德的曾曾曾祖父，和自己的曾曾曾祖父在「龜兔賽跑」中獲得的獎牌，在羨慕中，他卻覺得兔子跑輸烏龜，一定有什麼不可告人的祕密。

福兔回到家就問媽媽：「媽媽，我大步一跳就可以跳一公尺多，烏龜一步才兩寸半，為什麼我們的祖先會跑輸烏龜？」

「這件事我也感到奇怪。不過，根據大作家伊索說，你的曾曾曾祖父跑到一半，看到烏龜還在起跑點附近爬，便鬆懈下來在大樹下休息，結果不小心睡著就輸了。」

媽媽想了一下繼續說：「還有哇，你知道『守株待兔』這個成語嗎？以前有個叫韓非子的人，他說有一隻兔子被大野狼追趕，沒注意到前方有一棵大樹擋住去路，一頭撞到樹幹死了，最後被農夫撿走。我們可能跟大樹不合，奔跑時記得離大樹遠一點呵。」

福兔答應媽媽，但他覺得大野狼比大樹可怕多了，至少大樹不會吃兔子。

「媽媽，如果我在路上遇到大野狼，該怎麼辦？」

兔媽媽想了一下說：「快閃啊！不過，你聽過『兔子不吃窩邊草』和『狡兔三窟』嗎？窩邊草可以保持兔窩的隱密，不讓別的動物輕易發現我們；還有，要在經常活動的區域多挖幾個洞，隨時躲避襲擊。」

福兔聽了媽媽的話後，就在家裡附近挖了三個兔子洞穴，每個洞穴還有後路，以防被野狼或其他猛獸追捕，沒有地方躲藏。挖完三個洞穴後，他又開始想著如何不要撞到大樹，以及如何閃避大野狼的追殺。

「兔子的專長就是跳躍，如果我把跳躍練得出神入化，能迅速變化方向，就不會撞到大樹，也不怕野狼追殺吧？」

福兔努力的練習各種跳躍技巧，跳著跳著在經過曾曾祖父輸掉比賽的那棵大樹時，突然一陣睡意襲來，他的眼皮就要黏在一起了。

「難道大樹有催眠兔子的魔力嗎？不行、不行，我得保持清醒。」

福兔努力睜開眼睛，增加跳躍的次數，終於趕跑瞌睡蟲，恢復了精神。

他在大樹下周圍練習跳躍。一會兒往右跳，一會兒往左跳，又練習前滾翻、後滾翻，然後加快速度，對著大樹衝去，再瞬間翻轉方向閃到大樹後方。

福兔的跳躍技術越練越純熟，他想著：我的快閃功夫應該可以逃開大野狼的魔掌吧？

2.

福兔學會了快閃功夫後，仍繼續練了幾天，達到出神入化的境界了。一天早上，他練習了大半天，肚子也餓了，就決定先回家吃頓飯，然後想找出曾曾曾祖父跑輸烏龜的原因。

福兔吃飽中飯後，慢慢走到從前龜兔賽跑的跑道起點去。做好了起跑的姿勢後，他為自己喊著：「預備，起！」便賣力的向前跳去，中途完全不敢鬆懈或停下來。

突然間，福兔的胃一陣翻攪，他漸漸放慢腳步說：「剛剛吃得太飽又馬上激烈運動，肚子很不舒服，又好想睡呵！」

到了樹蔭下，涼風徐徐吹來，舒服得令人想停下來休息。

福兔趕緊搖搖頭，提醒自己：「停下來睡覺，就會像曾曾曾祖父那樣，輸掉比賽。」他連忙使出快閃功夫，跳上、跳下、前滾翻、後滾翻、快速翻轉到大樹後方等技巧，然後向終點奔去。

「我知道了！我知道了！曾曾曾祖父在龜兔賽跑裡會輸給烏龜，一定和我一樣，比賽前吃太飽想睡覺，到了樹蔭下那麼涼爽舒適的地方，哪能不睡呢？」

福兔又說：「如果有機會再舉辦龜兔賽跑，我一定不會在大樹下睡覺，一定可以拿到金牌的！」

3.

抵達終點回家的路上，遇到烏龜阿德。阿德緊張的對福兔說：

「你趕快回家吧，不要在外頭閒晃。聽說這幾天有大野狼出現在我們村裡，已經有好幾隻小羊被吃掉了！」

福兔聽到這個霹靂大新聞後，問：「大牛村長知道這件事嗎？他怎麼處理？」

「大牛村長在公布欄發布警戒消息，要大家非必要時不要外出。他還和牧羊犬警察們到處巡邏，希望趕走野狼！」

福兔聽完阿德的話，想起兔媽媽如果不知道這消息，還像往常外出採野菜和野果，遇到大野狼該怎麼辦？他和阿德道別後，就急忙往媽媽家跳去。

福兔穿過草木雜生的小徑，忽然感覺附近有異常的動靜。他停住不動，一對長長的大耳朵，向四方轉動，希望聽到聲音從哪裡來，眼睛也睜得大大的搜尋著四處。

福兔發現在他左後方四十多公尺的雜草地，有一隻大野狼正躡手四處張望，似乎在找尋獵物。不過，大野狼並沒有注意到他。

福兔想悄悄離開，卻不小心發出了一點聲響，被大野狼聽到，衝了過來。

福兔趕忙逃進草叢，鑽入自己挖掘的洞裡。躲了一陣子後，外頭只剩風吹過草地的絲絲聲，沒有任何大野狼的動靜。

1

福兔正想探出頭查看洞外情形，卻看到大野狼正守在兔窩口，流著口水，注視洞內的福兔。

福兔嚇了一跳，立刻翻身躲進洞裡深處。其實他一點也不害怕，因為他早就聽媽媽的話，挖了三個兔窩，而且每個兔窩都有通道相連，不怕被困在洞裡。

他在另一個洞裡待了一會兒，小心翼翼的把頭探出洞外，沒發現四周有大野狼的蹤跡，也沒有任何不對勁的聲音，便從洞裡跳出來，想以最快的速度往媽媽家去。

就在快到媽媽家前，忽然大野狼出現在他前方。福兔心想：「這次大概逃不掉，只能正面應戰了。」

福兔向後一翻滾，往反方向逃走。

「站住！不要跑！」大野狼對著他吼叫，並追了過來。

福兔趕忙往後又一翻滾，向剛才大樹下的方向衝去。

福兔左閃右閃，躲開了大野狼的利爪，接著往後翻轉，讓大野狼失去方向，沒法快速追來。

逃著逃著，福兔把大野狼引到大樹附近，然後對準樹幹方向衝去。大野狼卯足全力跟著衝過來。福兔看到大野狼靠近了，突然翻轉方向往樹後一閃。

「砰！」的一聲大響，大野狼撞到大樹昏了過去，頭上冒出血。

「抓到大野狼了！抓到大野狼了！」福兔大叫。

附近的大牛村長和牧羊犬警察聽到聲音，奔了過來，把昏死的大野狼五花大綁，丟到河裡。

4.

除去大野狼後，大家都很感激福兔的勇敢和機智。大牛村長問：「福兔哇，你想要什麼獎賞？」

烏龜阿德說：「福兔上次看到我在擦拭曾曾曾祖父贏得的金牌時，好像很羨慕。這次他為村子除掉大野狼立了大功，我想把我的傳家寶金牌送給他。」

「贊成！贊成！福兔應該有一面金牌。」

動物村民都拍手贊成，並讚美阿德的決定。

大牛村長想了想說：「阿德的好意令大家敬佩。但是，抓到大野狼和賽跑得獎是兩件不同的事。」

大牛村長停頓一下說：「我覺得我們應該要另製一面金牌，把福兔的功績刻在金牌上送給福兔，感謝他為鄉民除害才對，不能把烏龜阿德的傳家寶金牌改送給福兔。」

村長一說完，大家鼓掌如雷，都說：「贊成！贊成！村長萬歲！」

福兔聽了，開心的說：「謝謝村長，我也跟阿德一樣，有了金牌了。」

從此，和平動物村有了兩面金牌，一面是烏龜阿德的，一面是福兔的。

——原載二〇二三年六月十九～二十日《國語日報・故事版》

編委的話

・林昀臻

以創意的方式延伸了龜兔賽跑的故事，雖然沒有再舉辦一次龜兔賽跑，但福兔的未雨綢繆和各種招式讓他成功擊敗大野狼，還意外獲得一面金牌。作者成功的打破了典型的龜兔賽跑敘事框架，讓故事充滿了創意和驚喜，同時讓讀者重新思考經典故事中的價值觀。

・林芮妤

曾經輸給烏龜的兔子後代福兔面對大野狼絲毫不退縮，反而運用聰明的腦袋和靈活嬌小的身軀，靠機智取得勝利的精神和作法很令我敬佩！作者以新的視角詮釋了經典故事，讓讀者看到努力和智慧的力量。充滿新奇感的趣味童話，為兒童帶來一場驚喜的冒險。

・**游愷濬**

在這個以兔子家族為主角的故事中，作者以別出心裁的方式打破了龜兔賽跑的刻板印象，透過後代福兔的努力，他不僅重新詮釋了曾曾曾祖父輸給烏龜的原因，更以巧妙的策略擊敗大野狼，為兔子家族爭得一面金牌。突顯出努力和智慧的價值，使得整個故事更具深度和創意。

・**黃詠愛**

以龜兔賽跑為創作題材真是叫人眼睛一亮，只要努力不懈的練習就會有好結果，就像故事中的後代子孫，不要因為祖先的失敗而在乎別人的眼光，相信自己做得到並勇敢去做就可以為自己帶來榮耀。作者成功的在經典故事中注入新的元素，使整個故事更加生動有趣。

卷二

永續和融地球村

永遠的果果山

朱小玉

插畫／吳嘉鴻

作者簡介

兒童節目編劇，寫過《水果冰淇淋》、《奧林Ｐ客》、《旺來西瓜仙拚仙》……等十多個節目。曾獲台北縣文學獎、中和庄文學獎、台北市公車詩文獎等。希望大小朋友喜歡我寫的故事。

童 話 觀

童話是大千世界的溫度，不論是孩子的心、抑或是大人的心，存有童話的滋養，心是溫暖的，世界也會溫暖。

東方有一座山，四季如春，整年都結出很多飽滿的果子，被取名為「果果山」。

住在果果山的猴子們，擁有吃不完的果子，他們每一顆果子都只吃一口就丟掉，因為這顆果子好吃、下一顆可能更好吃、下下顆可能更加無敵好吃。如果同一顆果子吃兩口，大家會笑他是傻猴子。

阿地就是大家眼中的傻猴子。他總是把果子吃得乾乾淨淨，最後剩下不能吃的果核，就在地上挖個洞，把它埋進土裡。

問阿地為什麼這麼做？

他說：「果核會再長出小樹，以後就有新的果子可以吃。」

「哈哈哈，」聽到的猴子都笑到肚子痛。

「果果山有吃不完的果子，還要種果子？真是傻猴子啊。」

「呵呵呵，」阿地也跟著笑，他不在意當傻猴子，他比較在意即將舉行的

新任猴王的選拔賽。

老猴王準備退休，按照規定，所有的成年猴子都要參加比武大賽：在圓形場地裡，不管使用什麼招數讓對方出界，最後留在場地裡的就是新猴王。

阿地今年剛好成年，想到要參加比武，他就嚇得全身猴毛都豎起來。如果逃跑，會被認為是長不大的猴囡仔，比當傻猴子還糟。

何況，大家認為新猴王應該是大漢。大漢的個頭比一般成年猴高壯兩倍，一隻手出力，可以把對手推到兩棵樹以外的距離。

到了比武大賽當天，比賽遲遲無法開始，因為天空不斷的打雷，轟！轟！突然，一道超級大雷劈中一棵大樹，大樹起火，蔓延成火燒山，夥伴們四處奔逃。大火燒了三天三夜，果果山被燒得只剩灰燼。

果果山失去許多夥伴，剩下的猴子，逃往鄰近的山頭。

每座山頭都住著猴群，而且不像果果山，果子多到吃不完。逃難的猴群進入，演變成果子爭奪戰，大漢靠著力大如山，搶來許多果子分給大家吃。

起先除了阿地，大家仍維持果子吃一口就丟掉的習慣，慢慢的，大家發現果子不夠吃，開始學阿地把每顆果子都吃完，才不會餓肚子。

他們不斷的往西邊的山頭移動，翻過一座又一座的山，每回都跟當地的猴群打架。最後，連大漢也受傷了。這時，阿地自告奮勇，願意為大家找果子。跟阿漢靠力氣爭奪的方式不同，阿地先拜訪山頭的猴王。猴王說山頭缺水、不能分果子給他們。阿地就去觀察果樹和土壤的狀況，發現有一塊地特別潮溼。他向猴王爭取搬開石頭挖地，找到了湧泉。當地猴王為了表達感謝，送了很多果子給阿地。

大漢和夥伴們開始向阿地學習，不靠武力、靠智慧換取果子。他們一路走到最西邊的盡頭山，再過去就是一片大沙漠，已經流浪很久的果果山猴群們，該怎麼辦呢？

這時，阿地說：「我們一起回家看看吧。」

大家早就想念家鄉果果山，於是決定回家。時間已經過了十多年，果果山長出綠草和果樹，許多果樹的位置，就是阿地以前經常埋果核的地方。大家動手整理家園，果果山恢復成原來生氣盎然的樣子。

後來，別座山樹木生病，沒有果子可以吃，一群逃難的猴子來到了果果山。他們詢問果果山的猴王是誰？大家回答是阿地。

果果山已經改變，由大家推舉最有智慧的猴子擔任猴王，而比武冠軍，則受封為第一武士保護猴王。

每當有猴群來果果山避難，猴王阿地都會說：「辛苦的朋友們，你們可以享用果果山的果子，可是每一顆果子都要吃完喔。」

——原載二〇二三年七月《未來兒童》第一一二期

編委的話

・林昀臻

果果山猴群的故事告訴我們力量不是一切，知識和智慧才是真正的力量。阿地展現的智慧傳遞了「合作取代武力、協調取代吵架、珍惜取代浪費、遠見取代短視」的價值觀，引導讀者思考人類社會中的爭奪與競爭，並呼籲珍惜資源、運用智慧與溝通合作的重要性。

・林芮妤

阿地的智慧，拯救了瀕臨滅族的猴群，也改變了選擇猴王的規則，成為新世代的猴王。讓我聯想到人類從靠力氣競爭到學會利用智慧取勝的進化史。作者透過故事中猴群爭奪果實的情節，反映人類社會爭奪資源的競爭；藉此提醒我們珍惜食物與資源，以永續發展的思維面對未來。

・游愷濬

果果山的猴群在故事開始時不懂得珍惜食物，讓我聯想到現實中人類對食物與地球資源也有浪費與濫用的情況。猴群間互相爭奪資源靠的是武力取勝；而故事主角阿地卻用溝通與合作來解決問題，同時也為猴群帶來新的生機，這提醒我們智慧與合作才是解決問題的關鍵。

・黃詠愛

阿地的角色展現了智慧和溝通的價值，讓猴群知道比起用搶奪的方式，不如以合作和溝通的方式增進彼此的感情。這篇故事藉由猴群描繪了人類社會浪費資源的問題，讓讀者思考在資源有限的情況下，應該要珍惜、節制，以免災害來臨時因為緊張害怕和恐懼而盲目搶奪資源。

福虎和五毒

鄭若珣

插畫／劉彤渲

作者簡介

兒童文學研究所畢業，現為圖文創作者，曾獲牧笛獎、九歌現代少兒文學獎，小說有《台陽妖異誌》、《狐狸私塾》童話系列。於《後青春繪本館》撰寫繪本賞析，其他作品散見報章雜誌。FB: 晝書 / 夜畫。寫日東藏。

童 話 觀

天上院系列是以萬物有靈的觀點，取擬人化的神靈角色為主軸，發展出四季節日的小故事。本端午節童話一反為五毒貼標籤的觀念，以動物的視角來重新思考每種生靈生存的意義和重要性，期望帶給小讀者不同角度的反思 。

今天一大清早，天還未亮，染官小妍和小黑就在染坊忙碌著。不是為了染布，而是將幾天前就調製好的香粉倒進香包中。這香粉是採自高岩山上的老檀神木，將木塊磨成粉，再混合了天原中的中藥根和花草粉末而成。這一批香包，是用染坊的布和天女的巧手幫忙縫製的。

香包的造型有又大又明亮的眼睛，黃黑兩色的身體，再以紅色、金色的繡線勾邊，白色的尖牙貼布，看來凶猛又威武。這一批福虎香包，是天上院要送給人間孩子的端午節禮物。

「天女的手真巧，每隻福虎看起來都活靈活現的！」小黑將香粉倒入福虎的身體裡填滿，直到整隻福虎看來圓圓胖胖的。小妍接過來，幾針將開口縫實，一個香包就好了。

「幸好天女姊姊們昨天就將香包做得差不多了，不然我們兩個笨手笨腳的，今天哪來得及啊！」小妍手不停的忙著。

一轉眼，一頭大波浪金髮的日神正走過來，一身耀光閃閃，讓人無法直視。

「日神早！」小妍和小黑半跪行禮，心中不免緊張。

「早啊，我路過來看看進度，弄得還不錯啊！」日神拿起一個福虎香包左看右看。她將一個香包放在手掌上，對它的鼻子吹了一口氣。一吸入日神的氣息，小福虎的眼睛明亮起來，四肢有了力氣，尾巴也可以搖動了。日神將這隻小福虎放進香包堆中，不一會兒，每隻小福虎都動了起來，在籃子裡東跑西跑，翻滾打鬧。

「記得你們的任務啊！要下凡驅趕五毒，保護好孩子們的健康！」日神微笑吩咐著，小福虎們對日神尊敬的點點頭。

「好啦，你們也該下凡去發香包給地神啦！人們要拿水盆來照我了，時間到啦！」日神催趕完小妍、小黑，就搭上她的金朝號離開了。

小妍幫小黑將最後一籃香包放上天車，小黑跳上天車，駕著雲羊往凡間出發。

「我走啦！」

「一路順風！」小妍對小黑揮揮手，心中祈禱今日一切順利。

近中午，家家戶戶用臉盆裝著水，水中映照著太陽，這是取午時水的方法。這一天，家家戶戶也以雄黃、艾草用以驅蟲，街上的孩子口中唱著歌謠：「端午節，天氣熱，五毒醒，不安寧。」

「沒事也不讓人好好睡個午覺，真的是不安寧！」一隻壁虎在大掃除中躲著掃把，爬出了屋外。

「就是說啊！一年就這天最愛來煩我們！」一隻大蜈蚣從木頭地板中竄出來，往草叢中鑽去。

端午的市場熱鬧喧譁，有賣粽子、天師符、菖蒲艾草和香包的小攤。

「福虎香包！驅毒保安康！給孩子的小香包～今天大放送！」顧小攤的是

一位老公公和一位老婆婆，遠看就像是土地公和土地婆，沒有人知道他們真的就是兩位地神。

「哇！謝謝！」孩子們領了香包就掛在脖子回家去了。小福虎在每個家庭中都盡忠職守，在孩子睡覺的時候，為孩子趕走害蟲，只有一隻例外。不知道哪個孩子沒拿好，一隻福虎香包落在荒郊野外的草叢間。小福虎張著大眼，發現身旁有數十隻眼睛，在草叢中看著他。其中也包含了被稱為五毒的蜈蚣、毒蛇、蠍子、壁虎和蟾蜍。

「吼～吼～你們這些可惡的害蟲！我要消滅你們！」牠擺出凶巴巴的樣子，對身邊的害蟲發出吼聲。

「吼什麼吼！我們都讓出空間跑來郊外了，還要趕盡殺絕，真壞心！」壁虎大叫。

「我的任務就是要消滅五毒，看我利爪滅了你們！」福虎用力向蠍子撲抓

過去，蠍子一閃，尾巴一伸就往福虎刺過去。這一刺，將軟軟的香包刺破了一個大洞，撒出了香粉，濃烈的香味從香包中飄出來，嗆得蟲子們咳嗽連連。

「咳咳！好臭！」蟲子們受不了這氣味，一個一個往後退。

「哼！知道我的厲害了吧！吼～吼～」福虎一邊吼一邊跳，又想往蜈蚣那撲去，只是不知道為什麼，腳和身體都越來越軟，福虎這時才發現，自己的四隻腳已經沒力氣撐起來了！

「我看你還是先不要亂動的好，肚子中的香粉若灑光了，你不就完了嗎？」在樹枝上的壁虎，看著這一幕發笑。

「活該！活該！」周邊的蟲子們一起叫著。

福虎愣了一下，看著破了一個洞的身體和滿地香粉，不知道怎麼辦才好，一張臉悲傷的發愁。壁虎從樹上跳下來，繞著它邊走邊唱。

「若無壁虎夜間巡，家中蚊蠅何其多？若無蜈蚣踏土壤，哪有種子軟土床？蟾蜍田邊守，蛾蟲少食稻，蠍子給雞食，毒蛇藥酒泡，萬事萬物相互用，相忍為久長！」

「就是說啊！我們才不是光有害處！斷！若不是我們吃了那麼多的老鼠，人類的莊稼不都被老鼠吃光了！」毒蛇對福虎吐著舌頭，讓福虎嚇了一跳。

「對不起，這些我都不知道……」福虎垂下耳朵跟尾巴，不知道該說什麼好。

「算了！我看你還小，也不懂什麼事，好啦，洞幫你縫好了。」一隻蜘蛛以蛛絲幫福虎將身上的洞縫了起來。

「謝謝你。」

「真要謝我們，就在回天上的時候為我們多美言幾句吧，不要再搞這麼多針對我們的名堂了！呱！」蟾蜍在一旁說。

此時，風吹草動，一雙足踩了過來，足踩過的地方花草繁生。蟲子們紛紛躲進了草叢。來的是土地婆，她伸起手撿起了地上的福虎香包。

「原來這兒還掉了一隻……什麼？你想跟我說什麼？」土地婆將耳朵貼近

了手上的小福虎。

忙完了凡間的事，小黑駕著天車回到天上院，手中拿著一個寶盒和小妍會合。

「土地婆說，今天是特別的一天，有五種小動物要麻煩我們照顧一下……」小黑對小妍說。

「什麼小動物……」小妍伸出手打開了寶盒。

「嗨！」盒中的小動物們做出了最燦爛的微笑。

「啊～～～」小妍的尖叫聲響徹了雲端。

——原載二〇二三年六月十九～二十日《國語日報・故事版》

編委的話

・**林昀臻**

作者透過五毒的擬人化，讓讀者認識到這些小動物在大自然中有各自的功能和存在意義。故事中以輕鬆詼諧的筆調引入的節日和文化習俗，如端午節和香包，向讀者介紹了端午節的文化，讓故事更富有節慶氛圍，也讓小讀者能夠嘗試換個有趣的方法看待節日風俗。

・**林芮妤**

看完故事後我個人覺得很震驚，原來現代人認定的益蟲，在古代人眼裡卻不是？這種觀念的轉變引起我對於歷史和文化的好奇，尤其是蜘蛛和壁虎在古代的形象與現代截然不同。作者將這些動物擬人化，不僅展現了童趣，同時引導讀者思考不同時代對於生物的觀感和價值觀。

・**游愷濬**

作者以童話形式呈現了蜈蚣、毒蛇、蠍子、壁虎和蟾蜍這五毒，讓讀者增長知識的同時，也意識到人類社會的進步和發展與動物生存及大自然保護有衝突的時候，不能只考慮人們的眼前的需要，也必須守護大自然和小動物，讓生命和食物鏈可以維持平衡和永續。

・**黃詠愛**

每一種生命都是平等的，不管是生物，動物還是植物，都有其存在價值。透過擬人化的手法，作者成功的讓讀者思考古人對於自然的看法，提醒現代人不要一味將五毒視為害蟲，更應該尊重牠們在生態環境中的角色，就算是毒蟲也有牠們必須活著的原因。

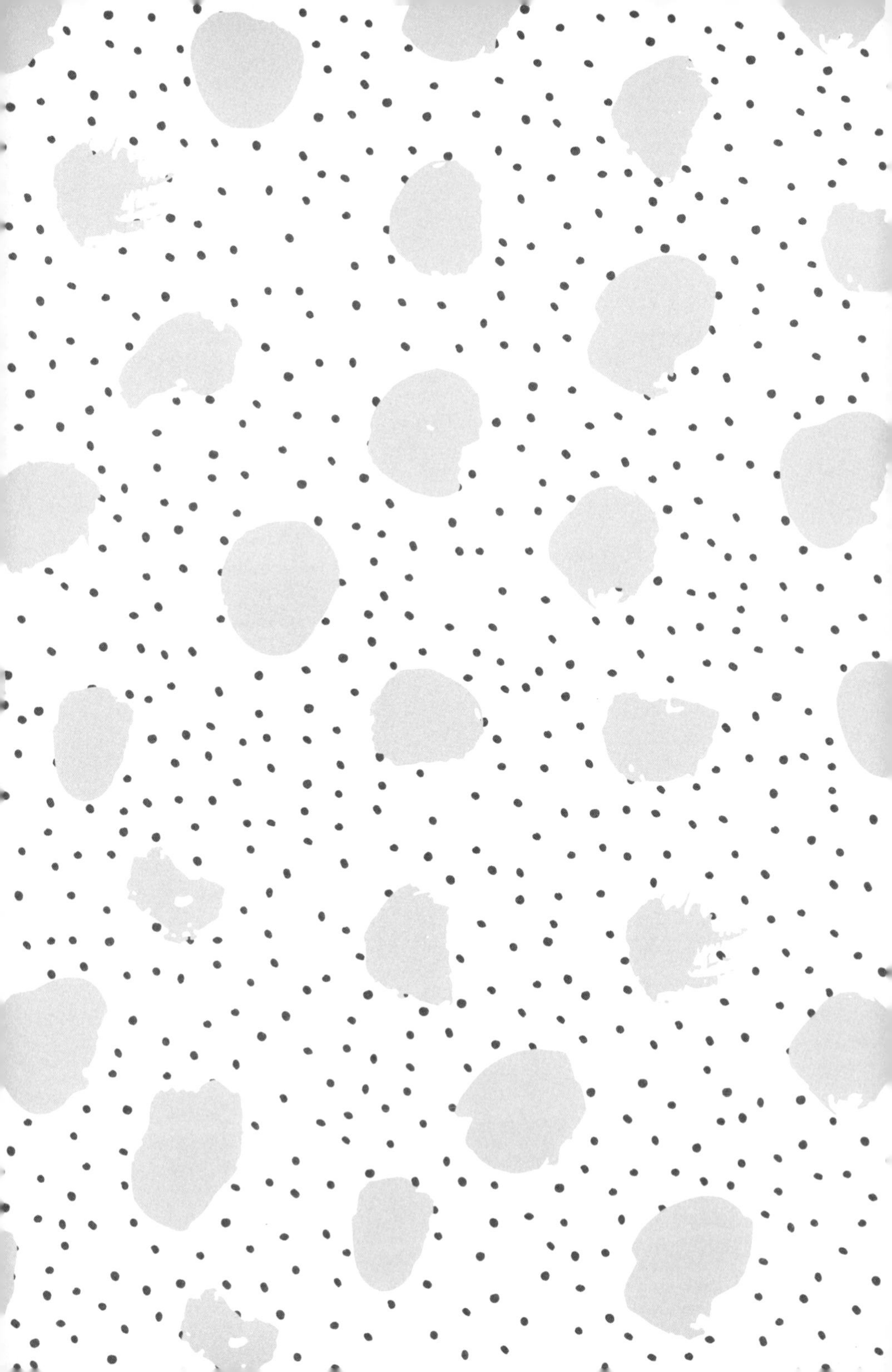

石虎說的故事

林世仁

插畫／吳嘉鴻

作者簡介

文化大學藝術研究所碩士，作品有童話《不可思議先生故事集》；圖像詩《文字森林海》；童詩《古靈精怪動物園》、《誰在床下養了一朵雲？》；編撰《我的故宮欣賞書》等六十餘冊。曾獲金鼎獎、國語日報牧笛獎童話首獎、聯合報 / 中國時報 / 好書大家讀年度最佳童書；第四屆華文朗讀節焦點作家。

童 話 觀

童話，是用「童心的話語」所述說出來的幻想故事。
童心，是用新鮮的眼光來看這個老舊的世界。

台灣的傳說故事裡有虎姑婆，台灣的廟裡有虎爺，但是台灣的山裡沒有老虎，只有我——石虎。

其實，我長得更像貓，有些人看到我還會大叫：「哇，山裡有貓？」不怪他們，我和雲豹是唯二的台灣原生貓科，本來就長得像貓。一八六五年人們第一次把我寫進《台灣府志》，就是叫我「山貓」。比起來，我更喜歡人們叫我「淺山精靈」，但這稱呼也帶給我大災難。淺山，淺山，就是因為住得太低、離人太近，我們的數量才會大量減少。

來說一個石虎的故事吧！

大地的孩子——石虎回家記

二〇〇七年四月十四日，埔里一處農家，一台怪手正在挖土整地。

「哇，我挖到什麼了？」司機停下來查看，「一隻小貓咪？」

「貓咪？」農夫發現了，趕緊載牠去看獸醫。「乖，希望你沒受傷。」

「貓咪？」獸醫仔細看了看，「這是石虎！石虎一胎至少會生兩隻，應該還有一隻，你快回去找找看。」

「是喔？」農夫嚇了一跳，又跑回原地。果然，在泥巴堆裡又發現一隻渾身是土的小石虎。「嘿，我整地是要種嫩薑的，怎麼種出你們這兩隻小石虎？」

回到獸醫院，兩隻小石虎躁動不安，低聲悶叫。

獸醫一邊檢查一邊吩咐農夫：「石虎是保育類動物，你應該要通報。」

於是，一通電話連上了集集鎮的特有生物保育中心。

傍晚，中心人員將兩隻小石虎接回來，仔細檢查。「六百克……應該是六週大。」這麼小的石虎，中心還是第一次接手呢！

雙胞胎太像，工作人員為其中一隻小石虎繫上綠色的項圈。「你是女生，叫你小母好嗎？」小母低叫了一聲，好像挺同意的。

另一隻小石虎是男生，比較好動，「就叫你小公！」

小石虎白天睡覺，晚上活動，一天天長大。牠們的家，也從小籠箱換成了有水池、空中走廊和隱蔽植物、巢箱的新家。

「該給石虎配對了！」

正巧！一隻母石虎阿姓，被補獸夾弄傷送來醫治。「耶，老天爺給小公送來老婆了！」果然，阿姓順利懷孕。二〇一三年三月一日，兩隻小寶寶誕生！也是一公一母，公的叫集利，母的叫集寶。

機會太難得，如果能從小養到野外放生，一定很棒！工作人員開始訓練集利和集寶，還飛去日本向西表山貓的專家請教。

六月，蟬聲唧唧。阿姓、集利、集寶移籠到一個更寬敞、更像大自然的新家，由媽媽阿姓帶領示範怎麼獵捕小動物。集利學得最快！不論是野兔、刺鼠、松鼠或是魚、鴿子，牠都能一掌劈中、張嘴就咬到。

工作人員還幫集利、集寶打「野外預防針」，放進毒蛇、大狗，讓阿姓帶著小石虎學會害怕和躲避。

十一月二十日，夜風吹起，籠舍門打開了。一個小時後，集利悄悄走出來，張望一會兒，消失在夜色裡。

只有裝在牠身上的發報器不斷把牠的行蹤，透過無線電訊號悄悄傳回中心。可是，到了第二十三天，訊號竟然消失了！

「集利被車撞了嗎？」

「還是被人抓走了？」

「有沒有可能是高壓電塔影響了訊號？」

不久，一個消息傳來。「攔河堰附近有石虎被車子撞死了！」

啊！工作人員緊張的趕到現場……還好，不是集利。

十二月二十日，換集寶野放了！

只是，才第八天，大家就發現集寶不但明顯消瘦，左前腳還跛了。

「怎麼回事呢？」研究人員合力找到集寶，把牠帶回急救站。沒想到，牠的屁股上竟然還有一個傷口——是被另一隻石虎咬傷的！

「究竟發生了什麼事？」研究人員不明白。「集寶這種狀況不適合再野放了，怎麼辦？」

「有了！我們可以送集寶到台北市動物園。」有人想到好主意，「請牠當親善大使，讓大家更認識石虎！」

終於，集寶得到了良好安置。但是沒人知道：集寶野放的第七天，其實便遇到了集利。

「哥哥！」集寶好開心，顛著腳跑過去，「咦？你身上的發報器怎麼不見了？」

「我幫牠弄掉的！」草叢邊鑽出一隻老石虎。

「你的腳怎麼了？」集利盯著集寶跛了的左前腳。

「被一個罐頭裂口弄傷的。」

「哼，沒被捕獸夾弄斷算你幸運！」老石虎說：「你要跟我們去苗栗嗎？」

「苗栗？」

「你沒聽中心的人說過嗎？」集利狠狠瞪著集寶，「一九三三年，光被獵人打死的石虎就有一千一百五十三隻！現在，你見過幾隻石虎？」

集寶怯怯的沒敢回答，牠之前只見過集利和媽媽。

「以前全島都有我們的身影，現在只剩下苗栗、台中、南投有我們的親戚。」老石虎說：「其中，苗栗最多！那裡還有許多綠地沒有變成工廠、樓房。聽說，有些田地不放農藥，將來會變成石虎田，在那邊獵食很安全。」

「我走不快。」集寶舔著受傷的腳。

「也走不遠！」老石虎繞著集寶打量，「看你這麼瘦，大概連獵食都不太會吧。」忽然，牠張嘴一撲，狠狠在集寶屁股上咬了一口。

「你幹嘛？」集利怒吼一聲撞過去，和老石虎扭打起來。

不一會兒，老石虎就被集利壓在地上，呼呼喘著氣。「嘿嘿……你看你妹妹能在野外生存嗎？我見過六隻野放的石虎，不到一年全都被毒死、撞死、咬死。」

集利腳爪一用力。「那你還咬她？」

老石虎唉叫一聲，又說：「她身上有發報器，人類會找到她。她的傷腳再加上我那一口，哼哼，人類不會再放她出來了，會一輩子保護她。」

集利鬆開爪子，沉默了。牠知道老石虎說的都是事實。

老石虎站起身，頭也不回，往前走去。

「哥哥……」集寶嗚嗚叫著。

「你待在這裡，別跟著我們。」集利說完調頭追上。

月光下，兩隻石虎一老一少，一前一後，默默往前走。

在一個馬路轉角，夜風轉了向，兩道好強的火流星忽然「咻！」一下衝過來。

「碰！」好大一聲。

半空中飛起一道拋物線，閃著兩點綠寶石般的小小反光——

火流星迅速消失。集利急急往前，焦急的看著老石虎。

「車子！呵呵……」老石虎喘著氣，笑自己。「想不到我逃過了獵殺、毒殺、陷阱，最後還是逃不過路殺。」

「你別說話！你別死啊！」集利說。

「別怕，往前走，你會找到屬於你的棲地。忘了告訴你……我們石虎天生……就是……就是獨——行——俠。」老石虎綠寶石般的眼睛黯淡了。

夜色濛濛，集利獨自上路了。天地間，一隻石虎挺起胸膛往前邁開了腳步！

故事說完了。

哦，你問我怎麼知道這麼多？

因為我曾經和懂得石虎、愛護石虎的人住在一起，聽他們說起過我們的故事。因為，我曾經有過一個名字，叫做「集利」。

——原載二〇二三年三月二十七～二十八日《國語日報．故事版》

編委的話

．林昀臻

集利、集寶兄妹與老石虎間的對話，栩栩如生的道盡石虎的悲歌。故事中以石虎的視角述說了牠的生命歷程，從被保育到回歸大自然的全過程，其中特別強調路殺對石虎生存的威脅。讓我反思人類對地球上各物種是否也該心存敬意，盡到守護牠們的責任，讓彼此都能繁榮生存。

・**林芮妤**

作者透過石虎的視角，深刻描繪了人類與野生動物之間的微妙關係，讓讀者省思：人們為了一己私慾（或者追求便利），不知不覺讓野生動物面臨各種危害生命的威脅。同時讓讀者更深入的了解野生動物的生存環境，藉此呼籲人們注意路殺事件，保護台灣特有生物，讓大家對於生態保育有更深的認識。

・**游愷濬**

在「動物說的台灣故事」系列中，從石虎的視角巧妙揭示人類對生態環境的影響，特別是路殺事件的嚴重性。讓我不禁對石虎保育產生了濃厚的興趣。深入了解後，發現這童話的前半部分真實敘述了台灣農委會特有生物研究中心（現改名農業部生物多樣性研究所）的石虎保育計畫，呼應現實生態議題。

・**黃詠愛**

作者以石虎的視角，細膩的描繪了石虎家族面臨的種種困境，特別是路殺的危機，讓我對石虎的現況有了更深刻的認識。故事中的石虎經歷重重困難，還能安全無事，真是令我驚喜不已的奇蹟！生動的描述，讓讀者關注石虎保育現況的同時，更深入了解野生動物的生存環境。

捨身救人的巡邏兵來福

吳燈山

插畫／吳嘉鴻

作者簡介

當了一輩子的孩子王，喜歡把教材變成一篇篇的童話，作為「課堂上的甜點」，讓小朋友樂於學習。
孩子王退休了，童心不減，依然熱愛童話，經常乘著想像的翅膀翱翔幻想世界，忘掉自己是個老爺爺。
原來，童話也是老爺爺最愛的「甜點」。

童 話 觀

上帝創造世界，覺得還有不足之處，所以賦予人類想像，彌補現實。
於是，童話應運而生，世界變得更美好。

1.

越南南部的海域，駐守一支海防部隊，負責安檢和維護海防安全的任務。每天一大早，王士官長就帶著狗兒來福在沙灘上執行勤務，來回巡邏。

那是個寒風凜冽的冬日，王士官長帶頭奔跑，來福在後頭追趕。王士官長來個緊急煞車，從沙灘上撿起一塊木頭，然後用力拋擲出去。

雖然只是一、兩秒的接觸，主人的氣味已經留在木頭上，來福憑著敏銳的嗅覺，輕易就找回那塊木頭交給長官。

王士官長的臉上露出得意的笑容，摸摸來福的頭。

來福原本是隻被人棄養的狗，有天王士官長在沙灘巡邏時發現牠，牠就一路跟著回到營房。

就這樣，來福正式成為一名「巡邏兵」。

王士官長一直把來福當作「忠實的朋友」，尤其對來福的嗅覺，更是讚賞不已。

剛帶回部隊不久，有一天來福突然一溜煙往廚房跑去，還汪汪叫個不停。原來伙夫忘記關瓦斯，要不是來福發現得早，官兵可能會因為瓦斯中毒而丟了性命。

因為這件事，全體官兵對來福都抱著十分感恩的心情。

2.

對人類來福不僅不了解，甚至感到困惑。

來福的前主人是個工程師，起先對牠好極了，買最好的食品給牠吃，一下班就帶牠去跑步，連假日出外旅遊，也不忘帶牠同行。

來福想不透：「可是，人心說變就變，主人移民澳洲前，竟開車將我丟棄在沙灘上，遭人當廢物丟棄的感覺簡直糟透了，無奈之下我只能對著大海汪汪大叫，哭訴人類的沒良心。還好大海知道我的辛酸和苦楚，找來王士官長當我的新主人，我才不會成為流浪狗。」

來福告訴自己：「士官長和官兵都對我都很好，我一定要善用我敏銳的嗅覺，盡全力守護他們。」

「憑什麼？你辦得到嗎？」來福心底突然響起這個聲音。

來福堅定的告訴自己：「我行的，憑著強大的嗅覺能力，我一定可以辦到！」

3.

那天回營房時，從廚房傳來陣陣香氣。

原來有個士兵不知從哪兒弄來一隻狗，拿給廚房伙夫燉了一鍋狗肉；一時肉香四溢，連隊裡的寵物貓咪咪也聞香趕到餐廳，等著大快朵頤。

一名士兵看咪咪一副嘴饞樣，從鍋裡夾了一塊肉放在地上。咪咪立刻撲了過去。這時，來福突然汪汪衝過來，用力把咪咪撞開，不讓牠吃肉。

看見的士兵無不大笑，以為來福也想吃，又夾一塊狗肉放在地上。

來福不吃，也不准咪咪吃，還一腳把牠踹開，痛得咪咪趕緊逃開。

4.

那時候，咪咪恨死來福了，美食當前，竟然不准牠吃，還狠狠被踹一腳，痛得食慾全無。

咪咪真是想不透，牠們是好朋友，也是無話不談的密友，今天不知來福哪根筋不對，竟然對牠使用暴力。

5.

晚餐時間到了，士官兵紛紛來到餐廳，等著開飯吃狗肉。

這下子來福更急了，繞著那鍋狗肉發出淒厲的吼叫；那名士兵誤會來福的用意，以為來福要更多的狗肉吃，又夾了一塊給牠。

來福不吃，只是一個勁兒的吼叫，聲音一陣比一陣急促、淒厲。

6.

來福透過靈敏的嗅覺，知道那鍋狗肉根本吃不得！

這條狗有可能是被毒死的，不僅有毒，而且是劇毒，吃後必死無疑！

來福焦急萬分，心想：隊裡幾十人的性命全握在我的手裡，怎麼辦？我吼叫，他們誤解我的用意；我警告，他們認為我無理取鬧。萬一士官兵吃了有毒的狗肉紛紛倒下，沒人執行海防任務，怎麼辦？

來福最後下了決定：能圓滿解決這件事的方法，只剩下最後一招，也許這是我該出招的時刻，而且動作要快！如果這是我的命運，我心甘情願接受！

7.

來福不敢怠慢，搶在隊長喊「開動」前，以迅雷不及掩耳的動作，迅速衝向那鍋肉，並且撞倒它。

在眾人的一片驚呼聲中，眼看著那鍋花費時間燉出來的香噴噴狗肉流散一地，個個扼腕不已。

士官長怒不可遏，立刻衝出去，嚴厲訓斥來福一頓，還重重踢了牠一腳。

來福沉悶的低吼一聲，仰頭看著主人，眼眶裡溢滿淚水。牠不是怕痛，而是沉痛的向主人訣別。

來福慢慢坐在地上，一邊流淚，一邊淒厲的哀叫；這是牠在感謝官兵們這陣子的關心和照顧。

最後，來福又悲痛的大叫幾聲，然後毫不猶豫的將地上的三塊狗肉一一吞下……不到三分鐘，毒性發作，來福倒地，不斷的翻滾、抽搐，然後七孔流血死去……

壯烈犧牲的感人一幕，讓眾人驚呆了，直到這時，他們才徹頭徹尾的知道究竟是怎麼一回事。為了拯救隊上兄弟們的性命，巡邏兵來福不惜犧牲自己，用一命換來幾十條人命！

8.

在屋外目睹這一切的咪咪，終於知道來福對牠的惡行，完全是一番好意；要不是來福的極力解救，牠早已命喪黃泉。

牠氣自己完全不知道來福的心意，還一度以為來福貪吃，想獨享整鍋狗肉；

牠慚愧自己誤會來福了。

咪咪抱著贖罪的心情衝過去，在來福身邊蹭來蹭去，喵嗚、喵嗚哭個不停。

9.

士官長親眼目睹來福慷慨赴義的過程，內心有如萬箭穿心般痛楚，想到來福的死，他流下一滴滴不輕易掉下的眼淚。

他永遠無法原諒自己，身為主人竟然不曉得來福的心意；來福用盡各種方法暗示鍋裡的狗肉有毒，他竟然完全意會不到。

他痛責自己：「為了不讓士兵吃進有毒的狗肉，來福撞翻鍋子，我竟然不分青紅皂白的罵他、踢他，我簡直是個最差勁的主人！」

士官長終於明白，來福是世界上不可多得的義犬；他祈求來福原諒他的駑鈍，並且在天上能重新找到好主人，快快樂樂的過每一天……

——原載二〇二三年一月二十七～二十八日《國語日報・故事版》

編委的話

・林昀臻

來福擁有一般人無法擁有的忠誠和勇氣，字裡行間都表現出來福為士官長和官兵等人著想以及希望能守護他們的情感，透過來福視角的劇情，把讀者慢慢的帶入情緒，讀完餘韻仍存。作者以簡潔而深刻的文筆描繪了來福為了救主人而犧牲自己的故事，讓讀者在情感上得到共鳴。

・林芮妤

這篇故事寫得很感人，作者運用士官長、士官兵、隊長及十幾名士兵的無知，突顯來福的偉大。故事中來福無私的奉獻精神以及最後的犧牲，讓士官長們深感自責，也讓讀者對牠產生深深的同情與感慨。透過來福的視角，這篇故事深刻呈現了動物的忠誠和犧牲精神。

- **游愷濬**

在來福無法言語的情況下，自我犧牲的報恩行為讓人心酸，同時也反映了人與動物之間的語言隔閡。這篇故事命名為動物生存法寶，如果可以給來福一個生存法寶是會用腳寫字或是會說人話，就不會發生這種悲劇。來福的犧牲，也提醒人類要善用溝通工具，避免不必要的誤解。

- **黃詠愛**

這是一篇讓人感傷的童話，透過來福的故事，作者描繪了犧牲和奉獻的感人場景。來福的行為讓人深受觸動，其為拯救主人而付出的忠誠與勇氣，讓故事充滿深刻的思考價值。讀完這篇作品後總覺得有點難過，心裡涼涼的，又有點酸酸的，讓別人為自己犧牲，真的會很後悔。

卷三

彩繪奇蹟心願景

蟹蟹理髮店：海妖的請求

薩　芙

插畫／劉彤渲

作者簡介

曾獲九歌現代少兒文學首獎、林榮三小品文學獎、鍾肇政童話潛力獎。書評、小說、散文、童話、童詩發表於《國語日報》。著有《心靈魔方》、《巴洛 · 瓦旦》、《不嚕樂園》、《少女練習曲》、《當世界生病的時候》、《蜂男孩》等書。

童話觀

這輩子的夢想是能一直孵故事，成為孩子最好的陪伴。

蟹蟹理髮店有名的不只有剪髮的技藝，最受大家歡迎的項目是「春風泡沫洗」。

蟹太太的頭皮按摩技術遠近馳名。許多海客遠道而來，只為享受這項服務，但她總是忙不過來，心裡常想，「要是能增加一個助理該多好。」

一個烏雲密布的下午，港口不斷傳來美妙動人的歌聲，出海的船隻也陸續失蹤。

「千萬別聽！那是海妖在唱歌，聽了會迷失心智。」蟹先生提醒太太戴上耳塞。

「好悲傷啊。」蟹太太聽出聲音不太對勁。

雖然知道不能聽，但心地善良的蟹太太沒有摀住耳朵，因為悲傷需要被傾聽。果然，幾分鐘後，蟹太太開始感到腳步沉重，心情低落，不管做什麼事都提不起勁。

「我出去一下。」蟹太太拎起簡易工作包，朝港口前進。

「嘿，要去哪？」蟹先生歪著頭想。

蟹太太循著歌聲，一口氣跳進海裡，游哇游，游哇游，來到一塊礁石旁。礁石上側躺著美麗的海妖——梅杜莎。她有人類的上半身、魚的下半身，可怕的是一頭扭動的亂髮，每一根髮尾竟然是蛇頭，讓人害怕得不敢靠近。

「別看我的眼睛！你會變成石頭的！」梅杜莎誠懇的請求，「我只希望你能幫幫我。」

「幫你什麼呢？」

「我這輩子從來沒有洗過頭，也沒剪過頭髮！」梅杜莎傷心的說：「請讓我體驗一次舒服的洗髮，好嗎？」

「從來沒有嗎？那樣多不舒服哇。」

蟹太太替梅杜莎感到難過，於是請她閉上眼睛，並在她的額頭貼上透明遮片，以防止洗髮水流入眼睛。

當蟹太太撥開梅杜莎的亂髮，發現她的髮際間積滿海砂，還有卡過海龜先生鼻孔的吸管插進頭皮。原來是刺痛的積垢，使梅杜莎怒髮衝冠。緊接著，令蟹太太渾身冒冷汗的，是卡在髮根處的一把銀剪刀。將銀剪刀拔出後，蟹太太不禁顫抖的想：「上一個試著幫她剪髮的理髮師，該不會被吃了吧？」

「我的頭髮是不是很難搞？」梅杜莎見蟹太太一時沒回話，便問。

「喔，不，不會。請忍一忍，我先幫你清除異物，幫你的頭皮做隔離。」

蟹太太仔細挑出尖銳的刺刀，在幾處傷口敷上舒緩的藥膏。靜置幾分鐘後，開始用含有薄荷精油的泡沫護髮，仔細按摩頭皮。

陣陣舒服的感受，令梅杜莎快要睡著，偶爾發出輕微的鼾聲。

「好咯，大功告成。」

經過洗護的梅杜莎，頭髮變得絲滑柔順，每一根髮絲服服貼貼，不再打結，也不再嚇人了。

「謝謝你！」梅杜莎慢慢張開眼睛。

「別客氣。」蟹太太轉身彎腰開始收拾工具，幸好沒有互相直視。

收拾完畢，蟹太太只求保住小命一條，趕緊塞住耳朵，急急忙忙趕回理髮店。

「別走，我還沒付貝幣呀。」不管梅杜莎說什麼，蟹太太都不敢聽。

蟹太太乘著海浪，回到蟹蟹理髮店，趕緊把「營業中」的牌子換成「今日公休」。她緊裹毛巾，躲到蟹先生背後瑟瑟發抖，直到海港外的歌聲漸漸停息，恢復往日的寧靜之後，再也沒有傳出船隻失蹤的消息。

——原載二〇二三年十月三日《國語日報·故事版》

編委的話

·林昀臻

這篇童話以輕鬆愉快的筆調呈現梅杜莎這位傳說中的恐怖角色。在作者的筆下，梅杜莎不是令人不寒而慄的怪物，而是渴望擁有秀髮的少女，輕快和諧的氛圍，展現出梅杜莎可愛的一面。透過蟹太太對梅杜莎的理解與關懷，故事呈現出人性的柔軟一面，讓讀者感受到心靈的觸動。

·林芮妤

梅杜莎原本是傳說中的恐怖海妖，但在這篇故事中卻呈現出溫柔和善的一面。她跟常人一樣，擁有煩惱和渴望被理解的情感。蟹太太的善良和勇氣克服了對梅杜莎的恐懼，這樣的互動教導了讀者關懷他人，不能只看表面的可怕，而是用心去理解並接納每個人內在的需求和感受。

• **游愷濬**

在「蟹蟹理髮店」系列中，傳說中神祕而恐怖的海妖梅杜莎竟然成為了蟹太太洗頭髮的對象，這樣的情節真是太令人驚豔了。作者透過善良的蟹太太回應梅杜莎的渴望與需求，呈現出一種突破刻板印象的訊息。也讓我期待蟹太太能持續關心梅杜莎，讓她在溫暖中找回自己，進而轉變成一位深受喜愛的歌后。

• **黃詠愛**

原本令人畏懼的海妖梅杜莎，在這篇作品中被賦予「有煩惱且渴望被幫助」的形象。蟹太太的善良和包容展現了人性的美好，願意克服心中的恐懼，傾聽她的痛苦和悲傷，讓讀者看見梅杜莎可愛且渴望被接納的內心世界。故事呈現出深層的人性探討，強調了理解與包容的重要性。

聖誕卡片老公公

楊婷雅

插畫／潔子

作者簡介

大疫之年亦是我的文字創作元年，目前已獲林榮三、時報、鍾肇政等文學獎，文類涵蓋小品文、散文、報導文學。決定嘗試兒童文學，是想當一輩子的赤誠少年。個人網站：mywave.tw

童 話 觀

在童話國度裡，可以盡情造夢。

全世界都知道聖誕老公公的存在，卻很少人知道聖誕老公公不是一個人，好比黑貓宅急便實際上也是很多隻黑貓在幫大家送包裹。聖誕總部還有依照職務性質劃分部門，卡德正是卡片部的聖誕老公公之一，每年大家寫完聖誕卡片後，會將卡片藏在壁爐一角，等待聖誕老公公半夜取件、將自己的心意傳遞到收件人手中。

這天，聖誕總部召開臨時會議，卡德的眼皮從昨晚就開始跳個不停，他隱隱約約有種不好的預感。各部門的聖誕老公公們一字排開，每個人表情都難得正經，廣大的會議室氣氛異常的沉默，不像以往大夥聚在一塊總是HO堂大笑，每次會議主持人都要拿大聲公大喊，才能阻止聖誕老公公們此起彼落的「HO！HO！HO！」爽朗笑聲，今日則絲毫不費力，連麥克風都派不上用場。

聖誕老總監清了清喉嚨說：「由於現在網路很方便，大家隨時隨地都能和遠方的親友聯絡，卡片的業績一年比一年還低，所以公司決定廢掉卡片部。」

這個消息對卡德簡直是晴天霹靂，他十幾年前選擇卡片部就是因為自己身材瘦小，沒辦法長時間搬重物。而且他喜歡蒐集笑容，能和收件人直接面對面是卡片部聖誕老公公的特權，每一次拿著卡片登場的時候，對方驚喜的表情就是他工作的動力來源；如果不想調到禮物部的話就只能辭職，可是年紀一大把了，又沒有其他專長，不知道還能找什麼工作。

去年因為被減薪，曾經短暫兼職當美食外送人員，但是他已經習慣駕著雪橇在天空奔馳，早就忘了地面上的路線怎麼走比較快，不是繞遠路就是大迷路，好不容易把餐點送達，原本熱呼呼的拉麵都變成涼麵了，導致客訴連連，一個笑容都沒有得到過。

總部給了卡片部的聖誕老公公們一星期的假期，讓他們好好考慮，到底要轉到其他部門還是離職。

卡德呆坐在書桌前，雙手不停的揉兩邊的太陽穴，但沒能揉出一個答案。

他拉開抽屜，發現裡頭有一疊明信片，拍了拍灰塵，一〇一大樓探出頭來。那是好幾年前在台灣旅行時買的，本來打算要寄給幾名朋友，這十年來卻總是忙著幫別人送卡片，反而沒時間關心自己的朋友。乾脆就趁這個假期來問候他們吧，卡德心想。

雪橇停在森林的一棟別墅前方，卡德敲了幾下木門，相當期待與多年不見的好友重逢，自從她結婚後兩人就沒有再見過面。開門的是一名臉色泛黃的女子，卡德嚇了一跳，正準備跟對方道歉走錯地方時，女子開口：「卡德，你怎麼突然來了？」

「白雪？你發生什麼事了嗎？」卡德看著眼前無精打采的女人，實在很難相信她是曾經當選世界選美小姐的白雪公主。

白雪公主娓娓道來婚姻生活沒有大家想像的幸福快樂，以前常不忘送她玫瑰花的王子，婚後沉迷觀看漂亮網美直播，還會不停贊助虛擬貨幣給她們，反倒自己老婆看都不看一眼；夫妻倆常常吵架，連倒垃圾和洗碗等雞毛小事都能大吵，她罵他是公子哥，他說她有公主病，後來王子提議彼此先暫時冷靜一段時間就搬回城堡住了。

「不好意思，這麼久沒見，結果都在聽我抱怨老公。」或許是怨氣都吐出來了，臉上終於露出甜美的笑容。「沒事的，我就是來關心你過得如何啊！」

卡德將明信片交給白雪公主後，便駕著雪橇前往大野狼的家。

大野狼看見卡德出現，立刻上前給了他大大的擁抱：「我本來還以為是社工送愛心食物來，沒想到居然是你！」

「唉，我可以理解你的心情。現在大家比較喜歡看網路影片，也很少人找我拍戲了。」大野狼忍不住嘆了一口氣：「以前我只演最酷的壞蛋，現在不管什麼角色我都願意，前天我才客串一個路人。」

卡德萬萬沒想到以前一部戲就能賺上百萬的反派巨星，現在竟然連五百塊的臨時演員工作都肯接。大野狼不再像從前那般意氣風發，也消瘦了許多，讓他的心有點酸酸的。當年轟動全球的《小紅帽》和《三隻小豬》等經典電影，幾乎家家戶戶都有買錄影帶珍藏，現在的小朋友大概都沒看過吧？

趁大野狼上廁所的時候，卡德將明信片放在他的床頭櫃上，並在一旁放了張千元鈔票，希望能多少幫助好朋友，就算只是多買兩塊肉來吃也好。

揮別森林，麋鹿在空中邁開步伐朝著加勒比海前進，氣溫越來越高，逼得滿頭大汗的卡德忍不住將紅色制服外套脫掉，雪橇最後降落在一艘船帆有大大骷髏頭的海盜船上。原本躺在甲板上閉目養神、綁著紅色頭巾的男子一度以為是其他海盜入侵，瞬間掏出一把槍瞄準卡德的腦袋，他趕緊大叫：「別開槍，我是你的老朋友卡德啊！」

「哈哈，誰叫你沒穿俗氣的紅色大衣，害我剛剛差點把你腦袋給轟了。」傑克舉起酒杯向卡德致歉。

「會拿著槍歡迎老朋友的人只有你了。」卡德驚魂未定。

「雖然本人一直以來都是靠搶劫過日子，工作不受影響，但讓我少了好多樂趣。」

「海盜也會被網路影響啊？」

「以前航海時代，海盜各憑本事研究地圖、在茫茫大海慢慢尋寶，現在可好？」傑克灌了一大口啤酒：「只要開啟手機導航，就能輕鬆知道寶藏位置在哪，無聊死了，一點成就感也沒有！」

傑克的一席話讓卡德笑了出來，原來網路時代不只是影響許多人的生計，還奪走海盜的生活樂趣。他赫然想起以前追求聖誕老婆婆期間，每一封信都要花很長的時間精心書寫，在有限的空間表達自己豐沛的情感，寄出後不停猜想對方看見了沒，每天檢查信箱等著回信的到來。然而現在傳訊息不僅不用錢，對方有沒有讀，也總在彈指之間揭曉，大幅降低期待與等待的樂趣了。

還來不及回話，傑克已經呼呼大睡，沒想到幾年不見，這傢伙的酒量變得這麼差了。卡德邊嘀咕邊幫他蓋上毯子後，便默默駕著雪橇返家，他也在心底作好了決定。

假期結束，卡德發現辦公桌上有三張卡片，分別是白雪公主、大野狼以及傑克船長寄來的：

親愛的卡德，謝謝你的關心，好久好久沒有收到手寫的明信片了，讓我感到無比溫暖，也讓我決定為我在乎的人寫封信。

兄弟，這些年我只會收到帳單和罰單，早就忘記收到親筆卡片的感動了！

PS：改天換我請你吃飯。

你壓在酒桶底下的卡片，是我這陣子找到最讚的寶藏啦！

王子收到白雪公主的信沒多久後，也回了一封溫暖的卡片，兩人找回了當初熱戀的感覺，並且分配好家事，森林又響起了幸福的旋律；大野狼寫了卡片給小紅帽和三隻小豬，關心他們的近況，相約一天野餐敘舊；傑克船長寄了邀請卡給其他海盜與深海怪物，歡迎他們來船上開派對。

收到卡片的每個人，又分別親筆寫卡片寄給了更多人，大家紛紛想起實體卡片無可取代的溫度。這使得白鴿郵差忙得不可開交，對聖誕總部發出求救訊號，希望卡片部的聖誕老公公可以支援他們送卡片。

聖誕總部緊急召開臨時會議，總監預計今年寄聖誕卡片的人會大幅增加，宣布保留卡片部，卡德與其他聖誕老公公們可以繼續做喜歡的工作了。

「HO！HO！HO！」寬廣的會議室再度被聖誕老公公們的歡樂笑聲填滿。

本文獲二〇二三年吳濁流文學獎兒童文學類佳作

編委的話

・林昀臻

卡片是人與人關係的媒介，卡片裡的溫暖總是能帶給人們幸福與歡笑。這篇童話巧妙的結合現實與想像，以卡片為媒介，展現了情感的真摯，讓讀者在思考過程中對傳統溝通方式產生共鳴。也讓我深刻體會到卡片所蘊含的人情味，使我更加珍惜手寫卡片所帶來的情感價值。

・林芮妤

卡片所包含的每個字、每個逗號、句號，都是一種獨特的含意。面臨失業問題的卡德，親手寫了卡片再親手送給朋友，順道傾聽朋友們的煩惱。這篇故事讓我意識到手寫卡片所承載的豐富訊息，無論是感謝、讚美、鼓勵，還是其他複雜的情感，都足以令收卡人感動不已。

• **游愷濬**

這篇童話引起我對手寫卡片的重新思考。以前對卡片的理解僅限於課堂作業或節日活動，並沒有真正體會到手寫的溫度。透過故事，我開始理解卡片是一種真誠的表達方式，因為收到卡片的人會去猜想製作卡片的人的表情、心情，去感受對方的情感和祝福，心裡會覺得暖暖的。

• **黃詠愛**

這篇故事生動的描繪了手寫卡片所蘊含的情感深度，以及卡片帶來的愉悅和感動。也讓我回想起收到卡片的那種興奮雀躍的心情；重新思考手寫卡片在現代社會的價值。作者巧妙的透過卡德的故事，呼籲人們在繁忙的現代生活中保留傳統的手寫卡片，以表達更真摯的情感。

完美的淚

賴曉珍

插畫／蘇力卡

作者簡介

淡江大學德文系畢業。寫作超過三十年，已出版童書四十餘本。曾獲金鼎獎、開卷年度最佳童書獎、九歌現代少兒文學獎、國語日報牧笛獎、好書大家讀年度最佳童書等獎項。

童 話 觀

童話是自由的，它可大可小，可長可短，可方可圓，可可愛可詼諧。童話也有它的責任。我認為，好的童話必須好看，並具有閱讀後被思考的延伸意義。

這半年來，百合總是在哭。

那可不是普通的眼淚。

十個月前，百合的母親空難過世了。

她參加一個南太平洋小島的旅行團，在當地搭乘小飛機預備去觀賞火山口，哪知飛機中途故障墜落大海，十二名乘客連同機師全部罹難。

百合無法相信母親真的死了，因為救難隊並沒有尋獲她的遺體。

母親會不會掉入大海後，游泳到附近一座荒島，至今仍在等待救援呢？

百合提出這個疑問。

保險公司調查員搖搖頭，裝出同情和理解的表情。走時，留下一筆保險金。

那是母親用生命換來、遺留給百合的。

百合無力查看金額，彷彿癱瘓般斜倒在沙發上。

她看著風吹動窗簾，夕陽餘暉給家具刷上一層最後的金色，然後慢慢轉暗。

沒多久，耳邊傳來鄰居看電視、罵小孩和大力甩門的聲音。

在黑暗中，百合好幾次想流淚，但咬住舌尖、忍住疼，不讓眼淚流下來。

母親四十五歲生下百合，她沒有兄弟姊妹，三歲時父親過世，從此，母女倆相依為命。

說來，百合的個性孤僻，所以沒什麼要好的朋友；上班後也沒什麼談得來的同事，中午總是一個人在角落吃便當。

拿到母親的保險理賠金後，百合考慮能做什麼。雖然不是一筆鉅款，但也夠百合辭掉工作、休息一陣子，思考未來人生。

沒想到，不上班後，百合陷入了更深的孤寂中。她的腦袋經常呈現空白狀態。空白趕不走，強占住百合的大腦，現實的事物進不來，還有焦慮在外頭盤旋、蒼蠅般嗡嗡飛轉，讓百合頭疼。

她變得連最簡單的事都無法決定。到簡餐店吃早午餐時，為了挑選套餐A

或B，在櫃台前足足考慮了十分鐘。工讀生露出困擾的表情，請百合站到一旁慢慢想，讓後頭的客人先點餐。

有一次百合過馬路，走到十字路口中央時，突然一陣頭暈，周遭變得很陌生，她提著裝滿食物的購物袋，困惑自己要去哪裡。

綠燈的秒數一直在遞減。

現在面朝的方向，真的是百合要去的地方嗎？

才這麼想著，紅燈亮了，百合立刻陷入車陣中，一輛摩托車差點撞上她。購物袋掉了、物品散落滿地，她慌忙蹲下身收拾，才發現買的全是母親愛吃的東西。

百合立即有想哭的衝動，但忍耐著，告訴自己不能哭。她有強烈的預感，只要一哭便不可收拾了。

眼淚一直要奪眶而出，但百合不答應。

明明是百合的「東西」，為什麼不能受她控制？

百合去看一部喜劇電影，全場觀眾笑了一個半鐘頭，只有她從頭到尾緊咬住舌尖，強忍住眼眶中打轉的淚水。悲傷一直湧上來，她快抵擋不住了。

百合決定去看心理醫生。

前三次還算順利，醫生耐心的聽百合講話，除了「嗯嗯嗯」回應，幾乎不插嘴。百合不記得自己說了什麼，總之，那些話啪啦啪啦自動流洩，像遊戲機中了賓果落下的銅板。

第四次去時，醫生給了百合建議：「要不要試著哭哭看？強忍住眼淚對身體不好哦。哭能發洩掉心裡的悲傷；哭完後，便能提起勇氣邁向新人生了。」

百合足足考慮了三十分鐘，終於點頭說好。

唉，真不該聽他的，從此災難開始。

第一次哭時，百合還先做好完善的準備：她洗了澡，換上乾淨的衣服，吃完便利商店買回來的便當，灌足一瓶二千CC的礦泉水，並拿起電話筒，關閉手機，關上每扇窗，鎖緊大門，最後才抱著一盒面紙，端坐在沙發上。

一、二、三，百合開始哭，哪知眼淚像瀑布奔流，完全控制不住。她很快就哭溼衣襟，淚水持續氾濫，弄溼了母親心愛的沙發。

百合趕緊衝進浴室，拿起水瓢接淚水。結果，百合哭滿了一整個水瓢。

怎麼會有這麼多眼淚？

百合跟自己說，一定是眼淚被壓抑太久，身體裡裝太滿了。沒關係，第一次狀況多，以後就不會了。

奇怪的是，大哭完後，百合並沒有感覺發洩掉什麼，完全和心理醫生說的不一樣。

那之後，百合愈哭愈厲害，眼淚說來就來，像打開了水龍頭，一發不可收拾。

她連睡覺、做夢都哭。有天早晨醒來，發現枕頭、床鋪全溼了，原以為外頭下雨屋頂漏水，拉開窗簾一看，戶外陽光亮燦燦的，百合才知道那是自己一夜流的淚水。

百合愈哭愈多，沒多久便可以哭滿一整個臉盆，甚至一整池浴缸。

這種情況下，她根本無法出門。幸好手機可以做各種轉帳代繳事項，食物外送也很方便。

但她沒辦法去看心理醫生了。百合打電話告訴醫生這件事，他以慣常的「嗯嗯」回應幾聲，然後問百合，要不要去旅行，轉換一下心情。

百合的直覺告訴她，醫生根本不相信她的話，甚至，把百合當成精神錯亂了。

掛斷電話前，他提醒百合，這算電話聽診，要付費。百合說好，但知道再也不會找他了。

長期封閉在家裡，百合已無法分辨白天夜晚，甚至此時是幾年幾月幾日幾點鐘。

某天，是下午嗎？百合正抱著馬桶哭時，聽到電話鈴聲響。

她原以為是幻聽，因為百合家的電話很少響，她根本沒有朋友。但仔細聽，叮鈴鈴！真的是電話在響。

真麻煩，誰挑這個時候打來啊？

百合起身拿浴巾抹抹眼淚，又哭哭啼啼走去接電話。

「喂，請問楊百合小姐在嗎？」

聽到對方的聲音，百合驚訝得全身凍住了，連眼淚也突然停止。

那聲音，跟母親的一模一樣。當下，百合以為是母親從天堂打電話給她。

「媽媽……」她忍不住輕喚。

「對，是你媽媽。」對方接著百合的話說：「之前，她幫你報名了旅行團，說是送你的生日禮物，要我們今天才通知你，給你一個驚喜。喔，忘了介紹，我們是天堂旅行社……」

這是怎麼回事？今天，是我的生日嗎？

往年，只有母親會跟百合說「生日快樂」，除此之外，這個日子對她沒有任何意義。

而今天，竟有一個聲音酷似母親的女人，打電話給百合，說母親生前為她報名了旅行團。天底下有這麼奇妙的事？

當然啦，比起百合的眼淚，這件事也不算離奇。

百合聽她述說，甚至閉上眼睛，假裝是母親在跟自己說話。

冥冥中，彷彿每件事都安排好了。百合感覺到，母親好像在保佑她。在她幾乎被眼淚和孤獨淹沒的時刻，似乎有什麼事要發生，即將改變她的人生。

「母親為我報的是去哪裡的團呢？」百合問。

「喔，是位於南太平洋的紫珊瑚群島。」

百合一愣，眼淚又奪眶而出。

那裡，是母親發生空難的地方啊！

然後，百合來到這裡。遇上的事，大概只能發生在童話故事裡。

原有「出門恐懼」的她，竟能順利到達目的地，是她始料未及的，因為一路上眼淚都沒有搗蛋，坐飛機時也沒有亂哭。

出發前，她便跟旅行社說明，自己不參加團體活動，要獨行。

旅行社沒意見，但要百合先付一筆保證金，保證她會跟團員們搭同一班飛機回去。

接下來，她有五天的自由活動時間，應該可以逛遍群島上的每一座小島。百合對其他島沒興趣，只想租船到那座有火山的荒島，親眼看看母親本該去看的地方。

百合在島上漫遊，看著白雲藍天，聽浪濤聲一波波席捲而來，心情感到前所未有的平靜。

她甚至產生荒謬的念頭，心想母親如果真長眠在此處，未嘗不是一種幸福。島上幾乎沒有任何文明物品。百合打從出生便住在城市，難以想像，地球上還存有如此原始、美麗的叢林跟珊瑚礁。

可惜母親沒來得及看見火山，便發生了空難。那是一座壯麗的火山，彷彿聖神般被尊崇著；在島的任何地方，都能從不同角度欣賞它。

百合背著行李、睡袋與五天食物，胡亂走，胡亂想。此處無人打擾，正合她的意；她愛怎麼哭就怎麼哭，淚水淹沒了整座島應該也不會有人抗議。

她找到叢林中一處寬廣的平地，安坐在羊齒蕨與腐葉間，開始嚎啕大哭。原以為不會打擾到任何人，但她忘了島上還有其他生靈與動物。

一群黃蝴蝶飛來，圍繞在百合身邊；樹枝上，停著上百隻色彩鮮豔的鸚鵡；各式各樣長相奇特的動物慢慢聚攏。百合想起小時候看過一部卡通電影，好像是迪士尼的白雪公主吧，她在森林裡哭，可愛的小動物們圍繞在她身邊，大概就是那樣的情景。

百合現在已經是哭的好手了，沒多久，便哭出了一個淚池。

林子裡走出一隻藍猴子，長相威嚴。牠一出現，其他動物便自動退開、讓出一條路，看來身分地位頗高。

牠表情深思熟慮的走向百合，伸指沾一下淚池水，放進嘴裡嘗。

「嗯，鹹度剛好！果然是完美的眼淚。」牠閉上眼睛說。

百合嚇一大跳，竟停了兩秒鐘忘記哭。

猴子會說人話？還是，百合聽得懂猴子話？

「你不必驚訝，這世界本就充滿你們人類無法理解的奇聞妙事。」藍猴子跟百合說：「是這樣的，我們想請你幫忙一件事……」

眼淚存在的意義是什麼？

這段期間，百合經常問自己。

眼淚能為世上的人事物帶來幸福嗎？她也這樣問藍猴子，藍猴子的答案是肯定的。牠告訴百合，眼淚如果被用在對的地方，的確能為世上的人事物帶來幸福。

長到這個年紀了，背後常被批評為孤僻怪胎的百合，第一次知道自己的眼淚可以幫助別人。

「我們想請你幫忙哭出一個淚湖。」藍猴子說：「事成之後，火山神會實現你一個願望、作為謝禮。」

然後牠開始解釋：

「火山神與大海中的人魚談戀愛，立下了山盟海誓，並打算結婚。火山神想送新娘一件結婚禮物。既然火山神無法離開山，只好讓人魚離開大海，雙方才能永遠在一起。山上雖有湖，但都是淡水，不是鹹水，人魚無法居住。火山神算準了你要來，託我當使者。祂知道你的眼淚流聚成的鹹水湖，能成為新娘完美的家，為這對新人帶來幸福。」

「我的眼淚能帶給他們幸福？」

儘管內心懷疑，但基於更多的好奇，百合答應了。

藍猴子帶百合到一處谷地，那是火山神挑選的地點，然後百合開始哭。她哭得比過去都悽慘，因為藍猴子告訴百合，她母親確實已經在空難中喪生了。

百合無須遮掩，也不用壓抑，她任所有的悲傷與孤寂氾濫，讓眼淚滔滔不絕流出。

她不知道這些眼淚是哪裡來的？百合明明沒喝那麼多水，竟能產生那麼多眼淚。唯一的解釋是，這世上充滿了無法解釋的事。

哭餓了，動物們送來現採香蕉、木瓜，比她自己帶的食物美味一百倍；渴了，有甜美的椰子水喝；哭累了，牠們把身體蜷成舒適的床、供百合睡眠，讓她享受到前所未有的溫暖。她有五天五夜的時間可以哭，想哭出一個淚潭、淚池、淚湖，絕對不成問題。

想不到，才第三天，百合已經達成任務了。

「夠了，湖水已經滿啦，你不用再哭了。」藍猴子滿意的說。

說是這樣，但眼淚哪能想停就停？百合心想。

就在她這麼想時，飛來了一群天堂鳥，足足有三百隻，在百合的頭頂盤旋，高唱優美的天堂鳥之歌。那簡直是天籟，是百合此生聽過最動人的音樂，讓她心醉神馳。當百合意識到什麼時，摸摸臉頰，發現眼淚不知何時已經停了。

就這樣，百合哭出來的淚湖，鹹度完美，非常適合當人魚新娘的新房。

依照約定，火山神實現了百合許下的願望。

她不求金銀珠寶，不奢望長命百歲。

百合只想見去世的父母一面。

只有短短十分鐘。這是火山神向冥神要來，能給百合的最長時間。

母親的容貌跟生前一模一樣，至於父親，倒是印象模糊了。

百合向他們道出生前來不及說的愛與感謝。

父母微笑回答：「你是我們最可愛的寶貝。我們以你為榮，要珍惜自己，好好愛自己。」

百合與他們正式告別。

那十分鐘，百合一滴眼淚都沒流。她想，自己的眼淚大概已經流完、發洩掉悲傷，心靈洗滌乾淨了。

離開前，她還來得及參加火山神與人魚的婚禮。

這是百合參加過最華麗的婚禮。新娘頭戴紅扶桑花，幸福洋溢，在淚湖中接受大家的祝福。

百合心想：「啊！能幫助人、與萬物連結的感覺真好。」

回到城市後，百合澈底改變了，彷彿眼淚洗清了她的雙眼，世界看起來煥然一新；她不再封閉自己，也開始認識新朋友，並勇於探索新人生。

那之後，百合再也沒哭過。無論碰到多麼痛苦的事，或遭遇任何挫折，她都沒有流過一滴眼淚。

她知道自己曾被父母深愛過，因此也能回報去愛整個世界。

百合所有的淚水，如今蒐集在南太平洋的某座荒島上。

只要閉上眼睛，她便能聽見天堂鳥的歌聲，看見碧海藍天、神聖的火山和那個裝滿幸福的淚湖。

——原載二〇二三年十月《未來少年》第一五四期

編委的話

・林昀臻

這篇故事以童話元素巧妙串聯現實生活情節，深刻探討眼淚的多重意義。文中出現很多譬喻手法，寫出百合那段時間裡的憂鬱、迷惘、焦慮、空虛，文章蘊含的豐富情感，貼切的形容讓我頓時間在情感上與百合產生共鳴，深切體會她的哀傷，同時也讓我對眼淚產生正面的觀感。

・林芮妤

對我而言，「眼淚」一直是悲傷、難過的代名詞，而這篇故事重新定義了眼淚的意義，讓我感受到眼淚不只是一種情感的解放；同時也可能是開心的代名詞！作者透過童話手法描繪了眼淚如何成為幸福的媒介，啟發讀者定義眼淚的新觀點，也讓我重新思考情感表達的方式。

・**游愷濬**

故事以現實生活的情節出發，巧妙的引入童話元素，讓我一度誤以為在讀小說。我沒有想過眼淚的意義，只覺得它是情緒的產物，眼淚盈滿眼眶，自然就會流下來。透過百合的眼淚，作者深刻的探討了眼淚的多重意義，使我反思眼淚不僅是悲傷的表現，更是情感的豐富表達。

・**黃詠愛**

故事主角百合的眼淚除了難過悲傷之外，還夾雜了各種情感，作者以童話的形式成功的突顯了眼淚的美麗和正面的意義，使得讀者重新詮釋了眼淚的價值：流眼淚是一種自然現象，任何人的眼淚都可能為別人帶來幸福，這種創意的表達方式也是我特別喜歡這篇文章的原因。

小主編的話1

童話心緣：編選童話的心靈啟蒙

林昀臻

我所喜愛的童話類型相當繁多，但若談到最引起我的興趣，必然是那些以親情或友情為主軸的溫馨故事，透過細緻入微的情感描繪，使文字間流露出十分感人的情感。談及挑選優秀童話的標準，由於其名稱即為「童話」，我認為故事內容必須融入小孩子無拘無束的想像力，最為重要的當然是不能缺乏那些新奇而不切實際的元素。一篇出色的童話必須具備眾多基本要素，而我認為最為關鍵的是用詞的簡單易懂，使兒童能夠輕鬆理解故事情節。其他不可或缺的要素包括精心策劃的結尾，因為許多童話故事往往對結尾並未作過於認真的描述，若結尾未給予讀者一個交代，我將不會特別喜愛那篇童話作品。總括而言，每位作者認真付出的作品都是值得一讀的佳作，我對這些作品都甚為讚賞。

去年首次擔任小主編時，我深感評語與童話觀都極需身邊人的指點。如今，我已經能夠理解我所喜好的童話類型，並解釋我對作品的喜好或不喜好，使我能夠更具體的描述我對文章的感受，並以不同的觀點來評價作品。擔任小主編有助於我在日常生活中的語文表達能力的提升，並學到許多過去未曾接觸過的知識，對於童話作品的理解也更加深刻。

雖然擔任小主編已經兩年，對於文章評論的方面我已經相當熟悉，然而每當看到小主編團隊新成員詠愛與芮妤的見解時，我總是不禁感嘆：原來這篇文章還有這樣的詮釋方式，對我來說確實具有建設性。此外，能有機會再次接觸小時候經常閱讀的故事，更貼近小讀者的心靈，逐漸拉近我與童話的距離。兩年過去得很快，雖然有時可能會對童話感到厭倦，或者覺得乏味，但我依然熱愛大家共同討論的歡樂時光！童話對我來說就像是一位老朋友，伴隨著這兩年擔任小主編的時光，讓我感受到更上一層的成長。

一直以來，我認為九歌出版的年度童話選是個極佳的企劃，經過報章雜誌編輯精心挑選後刊載的作品，再由真正的兒童讀者組成的小主編團隊審慎挑選出能吸引廣大兒童讀者的精采童話。因此，我相信出現在年度童話選內的每一篇童話都是精華中的精華。

閱讀童話的樂趣遠比我所想像中的豐富，儘管許多人可能會選擇直接觀看以動畫或影劇呈現的故事，但文字與圖像之間仍存在著極大的差異。在我看來，關鍵在於培養閱讀技巧。我上了國中之後，學校開設了專門的閱讀課，教導學生掌握文章的觀點，透過標題猜測故事的內容，學會自己訂立標題，或整理表格。正是在這個階段，我逐漸了解到閱讀並非僅僅是瀏覽文章，更是需要一定的方法和策略。對於那些小讀者難以理解過於深奧文章的時候，童話選成為一個理想的選擇。曾經的我是喜歡閱讀童話的小孩，隨著時間的推移，我開始熱愛閱讀小說。然而，擔任小主編時期，我再次接觸到熟悉的童話，才發現原來真正優秀的童話，不論是小孩還是大人都難以抗拒。不論文章的形式如何，只要是用心書寫而成，必定是優秀的作品。期盼童話能夠持續留在每個人的心中。

在初期幾次線上讀書討論會時，包括我在內的四位小主編彼此感到相當陌生，對於作品的意見也很難達成一致。我想這或許是因為擔任小主編的時間長短不一，導致心中對優秀作品的定義有所不同，因此一開始對每篇作品的評價差異較為明顯。然而，經過深入的討論後，我們終於找到了一些大家一致認同的作品。決選會議時，我對於自己推薦的作品能夠成功編入童話選而深感滿足。此外，在小主編們各自發表意見的過程中，我發現大家對於描繪感情的故事特別產生共鳴，這些作品獲得推薦的機率也相對較高，對我而言是一個新的發現，同時也代表童話觀念的轉變。

連續兩年參與決選會議的經驗，讓我深感收穫豐富。長期大量閱讀刊登在各報章雜誌以及全台各地文學獎得獎作品讓我感到極大的滿足與豐富的收穫。相較於去年，我在今年的決選會議上感受到自己已經能夠以更具建設性的言論來評價他人的作品；同時更能具體的表達我對這篇作品的感受。很高興擔任小主編為我帶來這樣的成長，也讓我再度參與了一場極富精采的決選會議。

小主編的話2

與童話共度的成長歲月

林芮妤

這一年擔任小主編的角色，讓我對童話故事有了更深的體會。對我而言，童話故事不僅僅是簡單的故事，更是一段豐富多彩的冒險旅程。

首先，我對一篇好的童話故事有著明確的標準。我認為場景和氣氛的描寫至關重要，這讓我能夠融入故事中，感受其中的奇妙。有些童話故事的場景和氣氛描述讓我感到草率，這點讓我感到有點可惜。相對而言，很多故事的劇情卻寫得十分精采。我尤其喜歡童話故事中對場景和氣氛的描繪，作者巧妙運用成語和形容詞，這些元素豐富了我對童話世界與登場人物的想像力。

童話故事簡單來說是為了小朋友而創作，因此劇情不能太長，以免讓讀者厭倦，但也不能太短，以免結局顯得倉促。在我看來，一篇好的童話故事必須具備吸引人的「標題」、

「開頭」和「劇情」，不論是小朋友還是大人，這點都是至關重要的。總之，我認為一篇好的童話故事，必須在場景、氣氛的描寫上不能馬虎，劇情的長度不能太長或太短，同時標題、開頭及劇情都要能夠吸引人。

自從有記憶以來，童話故事就一直陪伴著我，對於幼稚園時期的回憶格外深刻。當時每天在空曠的校園等待工作忙碌的爸媽下班來把我接回家，教室角落裡一櫃櫃的故事書成為了我的良伴。其實初加入小主編團隊時，對童話有些偏見，覺得這是屬於小孩子的事情。然而，再次有機會持續大量閱讀童話故事時，我已不僅僅看表面文字，而是深入故事的內涵，發現每個故事都有著獨特的趣味。隨著不同劇情的呈現，我漸漸被童話故事所吸引，那充滿童真的句子使我懷疑這是否真的是大人的文筆。我深刻佩服那些童話作家，儘管許多故事不長，但卻能將讀者帶入一個美好、奇幻的世界。這也讓我認識到語言文字修辭的閃耀之處，有的故事運用擬人手法，使得文字宛如演員，在紙上演出一場場精采的故事，傳遞至讀者的腦海中。

記得四年級時我曾被老師推薦報名參加作文比賽，當時陷入莫名的慌張，精神緊繃到差點崩潰，因為我深知自己一直有不擅長運用修辭的壞習慣，擔心使用不當會使文章失去趣味。然而，在這一年閱讀童話故事的日子裡，沉浸於童話故事魅力的同時，我逐漸學會描繪場景，相信自己的想法，並嘗試運用修辭，在自己的創作中增添一些神祕感，進而嘗試將文章刻劃成一部電影。六年級的我，作文成績持續進步也受到師長們的肯定，對學習語文也產生了濃厚的興趣，這都是成長的一部分。

作為小主編，我和其他同伴有著不同的觀點。我偏愛新穎、有趣、令人驚豔的劇情，而其他小主編則更喜歡溫馨、正向的結局。這種差異讓整個工作變得更加有趣。每當我喜歡的作品被選上，心中總是充滿喜悅。反之，失落的時候，我會感到自己與別人不同，但這正是每個人觀點不同的美好之處。

最後，我很感謝五年級的班導師，要不是老師推薦我加入年度童話選小主編的話，我可能永遠都感受不到童話故事的魅力和它散發出來的光芒！接著要感謝主編老師的指導和支持。她在我什麼都不懂時，像是一束光照亮我前行的路。如果沒有主編老師的引導，我可能還在迷茫中徬徨。同樣，感謝媽媽的支持，沒有她的鼓勵，我可能錯過了這個美好的閱讀體驗。

即將告別小主編的身分，我深信童話故事將繼續伴隨著我，成為我成長道路上的良師益友。期待未來更多的童話奇遇，期待更多的文字冒險，期待每一篇故事都能為我帶來不同的驚喜和啟發。感謝九歌，讓我在這一年中擁有了如此美好的閱讀體驗！

小主編的話3

探索童話之旅：
成長歷程的感動元素變奏曲

游愷濬

在我初次參加小主編團隊時，我還是個年幼的二年級生。現在，已經是四年級了，閱讀童話似乎變得更加容易，儘管仍然會遇到生字生詞，但我會努力完成故事。經過兩年的訓練，我能夠獨自閱讀童話，雖然仍需要查字典或向媽媽請教，但已經能夠理解大部分故事。這段時間，我們定期參加主編老師主持的線上讀書討論會，討論每一篇童話的特色以及是否具有吸引力。這一年，我逐漸能夠自主選擇並理解我喜歡的童話風格。擔任小主編後，我不僅能夠表達自己的觀點（意見），並學會運用更多的成語和形容詞。雖然有時仍難以完全理解作者深層的寓意，但我不再害怕挑戰閱讀童話，並且透過與團隊的討論，讓我逐漸能夠推測作者想傳達的信息。

這兩年來，我閱讀了許多童話故事，而我心中對童話的喜好卻更加深厚，並更能理解其中的精采之處。我偏愛古代背景的童話，這讓我對某一時代的歷史和人物產生濃厚興趣。相較於現代背景的童話，我更偏好東方國度的故事，或許是因為尚未親身體驗西方文化，感受有些陌生。特別喜歡以動物為主角的故事，想像如果動物能說話會有多有趣，而生活中物品擬人化的情節也是我極喜歡的童趣元素。對於男孩主角的冒險、魔法和打鬥情節深感熱愛，或許與我喜歡觀賞金庸武俠劇以及寶可夢有著密切的聯繫。在童話中加入成語成為故事內容的一部分，也讓我愛不釋手。每當遇到不熟悉的成語，我總是樂於查詢成語辭典，而作者巧妙運用成語或諧音哏兒給動物角色取名，更為故事增添生動色彩。

對於故事結局，我傾向喜歡歡樂、令人哈哈大笑的結局，能夠在回想情節時忍不住笑出聲的童話最受我喜愛。而對於開放式結局或未完待續的故事，以及充滿離別和死亡情節的童話則不太感興趣，可能是我年紀尚小，對於這些主題還不太適應。最近，對以宇宙和星球為元素的童話產生濃厚興趣，這種科幻感充滿了無盡的想像空間，令我愈發熱愛閱讀。

然而，今年上半期幾次讀書會當中，主編老師指出我推薦的童話大多以自己有限的生活體驗為標準，過於傾向「實用」主義。她建議我重新思考選擇童話的角度，不要太過狹隘。因此，我反思自己的選擇，並力求不再過於局限。今年的小主編群由三位高年級姊姊和我組成，形成一對三的局面。每次線上讀書選評會前我都感到壓力重重，努力想要說服其他成員選擇我推薦的童話。雖然經常落敗，但這兩年的經驗讓我感到進步，師長們都讚揚我在故事理解以及傳達故事魅力方面有顯著的進步。

今年我選擇的故事偏向男孩主角、冒險和魔法，這與我的喜好相符。我對改編自東西方經典童話故事，像是以龜兔賽跑為靈感的〈兩面金牌〉和〈月亮上有十隻兔子〉，或以海妖梅杜莎為題材的〈海妖的請求〉感到印象深刻，體會到帶有熟悉卻又無比新奇的驚喜，幸好其他小主編也認同這些故事。獲得年度童話推薦的故事是我心目中的首選，這令我感到十分高興。而令我感到遺憾的是未能入選的〈口罩超人〉，這篇故事著重探討校園霸凌問題，我認為透過這個故事的推廣，或許可以引起更多人對這個問題的關注。

其實，每篇童話都是作者用心創作的成果，經過精心挑選後刊登在報紙或雜誌上，是適合兒童和少年閱讀的佳作。閱讀童話的樂趣在於每個人對於故事的感受都各異，這種感受並無對錯之分。雖然小主編團隊討論中經常出現不同的喜好和意見，在主編老師的引導下，小主編們都能暢所欲言，盡情分享各自的感受，發現彼此之間的差異和「驚喜」。

總結而言，今年的童話故事類型多元，每一篇都能喚起我們內心情感的波動，並引發對寓意的思考。期待作家們能夠保持創意，為我們呈現更多充滿想像力和夢幻的故事。希望作家們在寫給中低年級小學生的童話時，不要使用過於艱澀的形容詞和名詞，讓故事更容易引入讀者的世界。

閱讀童話是一種幸福，而創作童話的人更是幸福。感謝所有的童話作家，願你們在創作中繼續充滿奇思妙想，為我們締造更多充滿希望和正能量的美好童話故事。

小主編的話4

快樂閱讀，心靈之旅

黃詠愛

「童話」，顧名思義，是讓大人小孩看後都會心一笑的溫馨有趣的故事。童話不論結局開心或難過，都應讓讀者感到心滿意足。一篇童話不宜太長，以免讓人厭倦，同時也不宜太短，以免無法清晰表達。結尾的完整性至關重要，開頭和結尾不能馬虎，這是好作品的基本條件。內容應簡單易懂，作者在創作時應回到童年，思考自己小時候喜歡的故事，以免寫出讓小讀者覺得沉悶的作品。個人偏好溫馨動人的故事，但理解每個人喜好各異，重要的是體會小孩子的心情，以寫出能讓大人回味童年的佳作。

擔任小主編的這一年裡，我對童話的看法經歷了轉變。一開始，我對童話的理解還比較模糊。然而，隨著閱讀的增加，我更加了解到自己對童話的觀點。在篩選童話時，雖然我還是會有些難以具體說出對某篇文章的心得，也常常覺得別人說的都是對的。但是，隨著時間的推移，我漸漸開始有自己的想法，並且能夠與他人分享我對這篇文章的感覺。

儘管我比較喜歡看長篇小說，但因為擔任年度童話選小主編的機會，我篩選出了一些好童話，讓我學到了閱讀短篇文章的技巧，不僅僅要關注故事情節，同時也深入了解這些文章所要傳達的道理或含意。有時候，一篇短小的童話能讓我思考人生的意義，也讓我更加感激身邊的人和事。這讓我有機會傾聽自己內心的聲音，更加明確自己喜歡的故事是什麼樣的。特別是那些溫馨感人、激勵心靈的故事，它們深深感動著我，也教導我人生的道理，如學習分享和不貪心。

閱讀的樂趣多種多樣，有時輕鬆閱讀可幫助釋放壓力；而深度閱讀則可以讓人感受到心靈沉澱的寧靜。升上五六年級後，學業和練球的壓力增加，能夠坐下來專心閱讀的時間變少。擔任小主編的這一年，讓我彷彿回到童年，找回熱愛閱讀的自己，雖然有時候會感到有壓力，尤其是需要在一段時間內看很多童話的那段時期。但當把它們全部看完後，就會有一種莫名的成就感。感謝指導我的桂娥老師，她總是在我需要建議時給予指導。

然而，小主編的角色也讓我深刻體會到選擇的難處。我堅持選擇喜歡的作品，而故事的完整性也是我選擇的關鍵，一個完整的好結尾更是不可或缺。雖然有些時候我喜歡的作品未能入選，但也要學會尊重其他小主編的意見。有時候，我會嘗試說服其他人對我喜愛的作品改觀，但同時我也要學會接受不同喜好的存在。每個人對童話的理解和喜好都是主觀的，這使得我更加開放，願意傾聽和接納不同的意見。透過小主編團隊合作的經驗，讓我更深入了解每個人的閱讀觀點，也讓我學到如何在意見不一致時保持冷靜，尊重他人的意見。

我很高興因為我非常喜歡的作品都有被選入，所以我很期待可以跟其他讀者分享自己看完一篇好故事的心得，我喜歡跟別人分享自己的想法，我更喜歡聽到別人肯定我的想法。因為要被選入的作品有限，也有一些遺珠之憾，特別是一篇名叫〈超時空少女〉的童話，我覺得故事很有趣，但是結局不完整所以沒被選入我覺得有些失望。

總的說來，擔任九歌年度童話選小主編的經歷帶給我的收穫很大，這段時間的成長不僅讓我更喜歡閱讀，豐富了我的閱讀生活；讓我更加珍惜閱讀的機會，理解閱讀的價值，也更深刻體會到分享閱讀心得的樂趣，同時也讓我在合作和溝通方面有了更多的成長。

感謝大家在這一年的陪伴，一同選出了好童話。期待在未來閱讀到不同作家創作的更多不同類型的童話，能夠閱讀到更多引人入勝、富有啟發性的童話。

附錄

一一二年童話紀事

一月

- 十日，斗六繪本圖書館舉辦「二〇二三年與童書作家有約」，邀請鄭博真主講「我用繪本記錄在地故事」。
- 十九日，由臺北市立圖書館、新北市立圖書館、國語日報社主辦，幼獅文化、中華民國兒童文學學會協辦之二〇二二下年度（第83梯次）「好書大家讀」優良少年兒童讀物評選活動結果揭曉，共計選出單冊圖書二一九冊，套書三套六冊。文學讀物B組入選童話故事書籍有王文華《時光小學四：暴龍爸爸回來了》、陳素宜《妮子的糖果盒》、《告訴摩拉摩拉我想他》、《我不是鴿子：陳素宜動物童話》、鄭宗弦《小雀幸品格童話3：愛心小精靈選拔》、王文華《梅子老師這一班3：聽說班上有小偷？》、亞平《貓卡卡的裁縫店3：

神奇的魔法長針》、王家珍《孩子王老虎》等。

●二十日，林鍾隆兒童文學推廣工作室公布「二〇二二年台灣兒童文學佳作」推薦書單，童話入選有。《字的神話1：玄人篇》（文／林世仁，圖／25度，遠見天下文化）、《孩子王老虎》（文／王家珍，圖／王家珠，字畝文化）、《小貓散步》（文／ㄎㄧㄎㄧ、謝易霖，圖／陳駿翰，四也文化）。

其餘月份紀事請到以下連結觀看

九歌一一二年童話選：彩繪奇蹟心願景

Collected Fairy Stories 2023

國家圖書館出版品預行編目（CIP）資料

九歌童話選. 112年：彩繪奇蹟心願景 / 李月玲, 吳嘉鴻, 劉彤渲, 潔子, 蘇力卡圖；張桂娥主編. -- 初版. -- 臺北市：九歌出版社有限公司, 2024.03

面；　公分. --（九歌童話選；28）

ISBN 978-986-450-660-6(平裝)

863.596　　　　　　　　113001983

主　　編——張桂娥、林昀臻、林芮妤、游愷濬、黃詠愛
插　　畫——李月玲、吳嘉鴻、劉彤渲、潔子、蘇力卡
執行編輯——鍾欣純
創 辦 人——蔡文甫
發 行 人——蔡澤玉
出　　版——九歌出版社有限公司
台北市 105 八德路 3 段 12 巷 57 弄 40 號
電話／02-25776564・傳真／02-25789205
郵政劃撥／0112295-1

九歌文學網　www.chiuko.com.tw

印　　刷——晨捷印製股份有限公司
法律顧問——龍躍天律師 ・ 蕭雄淋律師 ・ 董安丹律師
初　　版——2024 年 3 月
定　　價——300 元
書　　號——0172028
I S B N——978-986-450-660-6
9789864506514（PDF）
9789864506521（EPUB）

本書榮獲 台北市文化局 贊助出版